教育部人文社科研究项目
新媒体时代青少年创意写作课程建设与教学模式研究 课题组　上海市校外教育协会　推荐读物

过目不忘 8

50则进入中考高考的微型小说

中国微型小说学会 编

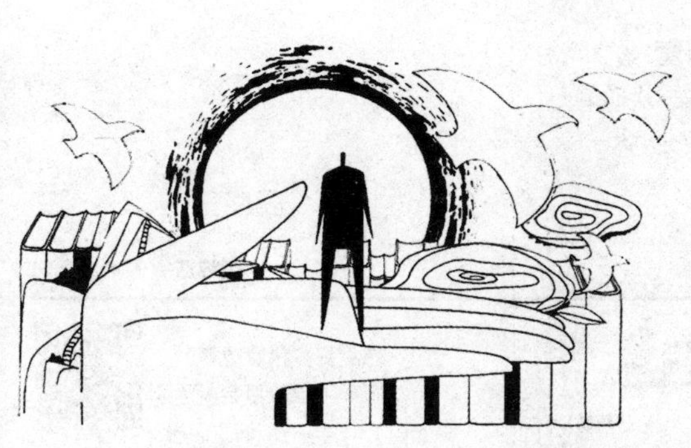

上海故事会文化传媒有限公司
上海文化出版社

图书在版编目（CIP）数据

过目不忘 ：50则进入中考高考的微型小说. 8 / 中国微型小说学会编. -- 上海 ：上海文化出版社，2020.8（2022.4重印）

ISBN 978-7-5535-1969-2

Ⅰ. ①过… Ⅱ. ①中… Ⅲ. ①小小说－小说集－中国－当代 Ⅳ. ①I247.82

中国版本图书馆CIP数据核字(2020)第072751号

书　　名：过目不忘·50则进入中考高考的微型小说(8)
著　　者：中国微型小说学会 编

主　　编：夏一鸣
副 主 编：高　健
责任编辑：蔡美凤　吴　艳
装帧设计：周艳梅
责任督印：张　凯

出　　版：上海文化出版社
出　　品：上海故事会文化传媒有限公司
（201101 上海市闵行区号景路159弄A座3楼　www.storychina.cn）
发　　行：北京中版国际教育技术装备有限公司
印　　刷：天津旭丰源印刷有限公司
开　　本：787×1092　1/32
印　　张：7
版　　次：2020年11月第1版
印　　次：2022年4月第3次印刷
书　　号：ISBN 978-7-5535-1969-2/I·773
定　　价：38.00元

上海故事会文化传媒有限公司 出品（01021）

想看更多精彩故事？
扫码下载故事会APP

如发现本书有质量问题，请与印刷厂质量科联系 Tel:022-82573686

前　言

故事会公司曾编选出版“青春读本系列”与“滴水藏海系列”两套书，投放市场后，受到青年读者，特别是学生读者的欢迎，被称之为课堂内外的“心灵读本”。

为了进一步使更多的学生读者，通过阅读优秀的文学作品提升语文素养、熔铸健全人格、丰富社会认知，中国微型小说学会组织编选了这套“过目不忘系列”微型小说选本，并邀请在校一线教师进行点评，设置了发散思考题和作品关键词等配套内容。目的是让学生在有限的课余时间里，通过这样的阅读思考、评测训练，语文素养得以提升，个人成长得到启发。

在编选这一系列图书过程中，我们始终注意三个方面：

一是有益。随着社会的不断发展，信息复杂多元，阅读对学生人格养成、性格形成的影响是不容忽视的，以此为切入点，“过目不忘系列”汇编的微型小说作品，都是经过精挑细选的，这些作品，或是名家名篇，或是亲情叙述，或是人生感悟，均从不同层面对读者有正面的引导意义。同时，每篇作品所附名师点评，也可以帮助学生联系自身生活，思考并探索作品所蕴含的深刻内涵与社会意义，对建立健全学生健康的人格也能起到积极的导向作用。

二是有用。本书所选作品，大都出现在不同地区不同年份的中考高考阅读题中。对教师来说，通过参考各地骨干教师在设计阅读理解题型时的出题思路，以及书中文本解析、思考题型与关键词等元素，为其选材、出题提供了新的素材与视角；对学生来说，通过这种实战演练，能够在了解答题思路的同时扩大阅读量，提高阅读理解与写作解题的能力，可以说是一举数得。

三是有趣。大语文时代，阅读和写作是王道。然而，如何说服学生喜欢读、愿意写，却是个问题。一部好的文学作品，趣味性是吸引读者阅读的基础，可借鉴则是学生落笔的开端。在精选中外作家的优秀作品时，始终围绕文学性、趣味性的标准考量，力求激发学生兴趣，使学生在轻松阅读中丰富知识、提升写作水平。

希望这些过目不忘的精彩作品，让读者开卷有益，快乐学习，健康成长。

本丛书编委会

CONTENTS 目录

真情叙述

人生感悟

CONTENTS

狼和狈的故事

@杨绛

我有个亲戚是地质勘探队员，以下是他讲的亲身经历。

我们地质勘探队分好多组，我属钻机组。一次，我们的钻头坏了，几个钻头都坏了，组长派我到大队去领钻头。大队驻扎在一个大镇上，离我们那个小组相当远。我赶到大队所在的镇上，领了四个钻头，装在一只大口袋里，我搭上肩头就想赶回小组去。从大镇出发，已是黄昏时分。当时天气寒冷，日短夜长，背着沉甸甸的四个钻头，只怕天黑以前赶不回去。但是我怕耽误组里的工程，匆匆吃了些东西就急急赶路。

我得走过一个荒凉的树林。林子不大，但是很长，都是新栽的树苗；穿过这一长片树苗林，再拐个弯，再爬过一座小小的山头，前面就是村庄。过村庄就是大道了。

我走得很快。将要走出树林的时候，忽觉得身后有什么家伙跟着。这地带有狼。我怕是狼，不敢回头。我带着一根棍子，也有手电筒，不过狼不怕手电。我不愿惹事，只顾加紧脚步往前走。走出树林，看见衔山的太阳正要落下山去。太阳一下山，余光很短。我拐了弯上山不久，山里就一片昏黑。我指望拐弯的时候甩掉身后跟着的家伙，可是我仍然觉得背后有个家伙跟着。我为了壮胆，走一段路，就放开嗓子轰喝一声，想把背后那家伙吓走。我走上山头，看见月亮已经出来了；下山的时候，月亮已经升上天空。我快步跑着冲下山坡，只觉得跟在身后的家伙越逼越近了。月亮明亮，斜过眼睛瞄一瞄，就能看见身边的影子。我身后跟着的不是一头狼，是一个狼群！

前面就是村庄。我已经看见农家的场地了。我忙抛下肩上的大口袋，没命地飞奔，一面狂喊："救命！"一群狼就围着我追上来。

村里人正睡得浓，也许是风向不顺，我喊破嗓子也没个人出来。月光下，只见场地上有个石碾子，还有一座房子般高的柴草垛子。我慌忙爬上柴垛，一群狼就把柴垛团团围住。狼跳不高，狼腿太细，爬不上柴垛。我喘着气蹲在柴垛上，看着那群狼围着我爬柴垛，又爬不上。过了一会儿，有一两头狼就走了，接着又走了两头。我眼巴巴等待狼群散去，但是剩下的狼并不走，还在柴垛周围守着。

过了一会儿，我看见两头狼回来了，同时还来了一只很大的怪东西，像一头大熊。仔细一看，不是熊，是两头狼架在一起：一头狼身上架着另一头很大的狼，几头狼把那头架在上面的大狼架上石碾子。大狼和其他三四头狼几个脑袋聚在一起，好像在密商什么事。那头大狼显然是发号施令的。一群狼随即排成队，一头狼把柴垛的柴草衔一口，放在另一处，后一头狼照样也把柴垛的柴草衔一口，放在另一处。

每头狼都挨次一口一口地衔。不一会儿，那柴垛就缺了一块，有倾斜的危险。我着急得再次嘶声叫喊救命！村子里死沉沉的，没一点动静。

一头头狼一口一口又一口地把柴草衔开去。柴垛缺了一块又缺一块，倾斜得快要倒了。我自料柴垛一倒，肯定是这群狼的一顿晚餐了。那头大狼真有主意，狼爬不上柴垛，可是狼能把柴垛攻倒。我叫喊无应，又不能插翅飞上天去，惶急中习惯性地想掏出烟斗来吸口烟。我伸手摸到了衣袋里的打火机。狼是怕火的。反正我也顾不得自身安全了。我脱下棉袄，用打火机点上火，在风里挥舞，那件棉袄就烘烘地着火燃烧了。我把燃烧着的棉袄扔在柴垛上，柴垛也烘烘地燃烧起来。这时候大约已是午夜三点左右，我再次向村里叫喊："救火呀！救火呀！着火了！着火了！"

火光和烟气惊醒了村民，他们先先后后拿着盆儿桶儿出来救火。一群狼全逃跑了，只有石碾上的那头大狼没跑，给村民捉住。原来它两条前脚特短，不能跑。它不是狼，是狈。

柴垛的火很快就被扑灭了。我捡回了那一口袋四个钻头，没耽误小组的工程。那头狈让村民送给河北动物园了。我们经常说"狼狈为奸"，好像只是成语而已，因为狈很少见。没想到我亲眼看到了"狼狈为奸"。狈比狼刁猾，可是没有狼的支持，只好进动物园。

点 评

故事娓娓道来，展现了一个“狼狈为奸”的精彩场景，高潮之际，惊心动魄。难道这群狼的阴谋要得逞？峰回路转，“我”摸出了打火机，火光冲天中，群狼全逃跑了，狈现原形。故事有深意：狼狈为奸，互相勾结做坏事。可是，大难临头各自飞，损友最终会抛弃你。

点评者：赵宝娣，河北省张家口市怀来县沙城实验中学语文教师。

思考题

1. 结合文章，说说“狼狈为奸”的含义。
2. 请你说出对“狈比狼刁猾，可是没有狼的支持，只好进动物园”这句话的理解。
3. 简要概述文章的主要内容。

关键词

解脱　奸诈

只有大难临头时，假朋友才会显露出真面目。扫一扫二维码，获取《狼和狈的故事》原文。

第八棵馒头柳

@刘心武

丈夫是搞地质的，出差是家常便饭，总是背袋一背就走了，她从来不送。丈夫下楼出门也从不回头张望。

这回丈夫又走了。门在丈夫背后撞上时，她正站在桌边收拾碗盘，一副若无其事的表情。但门撞上以后，她却撂下手里的东西，去往阳台。她站在阳台上朝下望。阳台下面是马路，马路边上栽着一排馒头柳，馒头柳的树冠又大又绿，从楼上俯瞰下去并不像馒头而像帐篷。她习惯地朝阳台下往东数第八棵馒头柳那里望去。她等待着，她知道，再过五六分钟，丈夫的身影将在那棵馒头柳下出现。他们这幢楼门开在没有阳台的一面，从楼门出去绕出楼区前往地铁入口，必从第八棵馒头柳那儿经过，然后便被一座治安岗亭遮住视线。每次，她总是欣慰地在预计的时间、预计的位置望见丈夫宽厚的背影，特别是那只经丈夫设计，由她改制的帆布旅行背包，她总默默地对着那脊背、那背包送去她的祝福。但她从未向丈夫吐露过这隐秘的一幕，连儿子也全然未曾察觉。

这天她习惯性地去往阳台一站，却忽然不习惯起来，因为丈夫的背影迟迟没有出现。他必得去乘坐地铁直往北京站，不可能改往别的方向。怎么第八棵馒头柳下不见他的踪影？惶急中她痛切地意识到，这往常短暂而稳拿的一瞥于她有多么重要！她忍不住跑到楼下。楼门口空空荡荡。她不知不觉地来到第八棵馒头柳下，朝四面张望着。难道他钻到地底下或飞到天上去了？真不可思议。她差一点跑进治安岗亭去报失。回到家中时儿子跟她说什么她没听见，却听见了街上急救车“呜哇呜哇”的由远及近又由近及远的声响。她无端地朝儿子发了火，心里堵着一块鹅卵石。

接连好几天她都无精打采。她一会儿暗自取笑自己，一会儿又从逻辑推理上断定情况的不正常。终于，有天晚上她接到了他从很远的地方打来的电话，她情不自禁地说：“你哪儿去了你？你急死我了！”丈夫莫名其妙，于是她便向他倾诉了一切，她怎么每次分别时都表面上若无其事，每次却都要跑到阳台上去望他的背影，在那第八棵馒头柳下……电话那边沉默了一会儿，然后是丈夫深受感动的声音：“傻女子！那天我刚一出门就遇上了咱们楼老王，他们单位的车正好接他去火车站，我就蹭了他的油，你真是死心眼儿……不过，我知道那棵馒头柳，对，第八棵馒头柳。你知道吗？每次我出差回去，你别看我进门的时候没事人儿似的，其实，我一走到那棵馒头柳下，就忍不住抬头望咱们家的阳台，咱们家的窗户，有时一站好几分钟，特别是晚上，那一窗灯火，让我心里头好爱你们……”撂下电话，她才发现儿子站在面前，儿子正问她：“妈，您干吗抹眼泪儿？”

“第八棵馒头柳”是标题，是这篇小说的线索，也是文中这对恩爱的夫妻寄托情感的载体。妻子在搞地质的丈夫出差时，总是躲在楼上，目送丈夫远去的背影，在亲眼望到他路过第八棵馒头柳那儿——丈夫进地铁必经之处，她才放心。一次丈夫出差，妻子没有在第八棵馒头柳下看到丈夫的背影，于是她魂不守舍，失魂落魄，小说最后通过丈夫之口交代了原因，同时，丈夫也无意中说出了他同样的秘密。小说的结尾虽然出乎意料，但也在情理之中。

点评者：叶敬芹，毕业于江苏师范大学文艺学专业，就职于宿迁市沭阳县梦溪中学，高级教师。多篇文学作品荣获全国性奖项。

1. 分析文中妻子的形象特征。
2. 谈谈你对本文“欧·亨利式结局”的理解。
3. 谈谈你对本文主旨的理解。

爱情　等待

“第八棵馒头柳”是爱与被爱的纽带。扫一扫二维码，获取《第八棵馒头柳》原文。

教堂司事

@［英国］毛姆

圣彼得教堂下午有一场洗礼，所以奥伯特 · 爱德瓦还穿着他的司事长袍。他总是把新袍子放在做丧礼或婚礼的时候才穿（那些讲究时髦的人总是选圣彼得教堂来举行这些典礼），所以，现在他所穿的只是稍微次一等的。穿这袍子，他感到自傲，因为这是他职位尊严的标志。

司事现在在小礼堂等着牧师结束他的仪式。

这位牧师是最近才任命的，四十来岁，红光满面，是个精力充沛的人。而奥伯特 · 爱德瓦还是为先前的牧师感到遗憾，那是一个旧派的教士，从不大惊小怪，不像现在这位，样样事情都要插上一手。

不久，他看到牧师走了过来。

"佛曼，你能到小教堂里来一会儿吗？我有些事情要同你说说。"

牧师将奥伯特 · 爱德瓦领进了小教堂。奥伯特 · 爱德瓦看到这里还有两位教堂执事，有一点儿惊讶，他一个一个地同他们打招呼。

他们现在坐在精致的桌子旁边，牧师坐到他们中间空出的椅子上。奥伯特面对着他们，桌子在他与他们之间，心里有些不自在地猜想着这是怎么一回事。牧师的脸上是一团和气，而另外两位却表现出些微的慌乱。奥伯特以一种谦恭而又庄重的姿态站着。

牧师神采奕奕地开口了。

“佛曼，你已经在这里干了这么多年了，而且令人满意地履行了你的责任。”

“但是有一天我了解到一件非同寻常的事情，我觉得有责任要将这事情告知我们的执事。我不胜惊讶地发觉你竟然既不能读也不能写。”

“以前的牧师知道这事，阁下。”他回答说。

执事们喊叫了起来：“你的意思是说，你当了这个教堂的司事十六年，却从来不会读也不会写？”

“好吧，佛曼，我同两位先生讨论过这事，认为这实在是匪夷所思。像圣彼得这样的教堂里不能有一个既不能读又不能写的司事。”

奥伯特·爱德瓦瘦削而苍白的脸涨红了，他不自在地跺脚，但没有答话。

“好的，阁下，我懂，我会递上我的辞职书的。”

但是，当奥伯特·爱德瓦以他通常的礼貌，在牧师和执事们离开后，再关上了教堂的门以后，他再也无法保持住那种庄重的神态了，他的嘴唇颤抖着。他回到小礼堂穿上了他的夹克，走出了教堂。他把身后教堂的门锁上，漫步穿过广场，在深深的忧伤中，他没有走向那条往家走的路，他的心情非常沉重。他不知道自己究竟该怎么做。奥伯特不抽烟，也不饮酒。就在此刻，他觉得要是有支烟抽，或许会给他一点安慰。既然他从不带烟，他就四下里寻找着，看哪里可以买一盒。他没有看到卖烟的店铺，于是就往下走去。这是一条长长的道路，有各式各样的店铺，可就是没有能买到香烟的店铺。

为了确信，他又重新在街上走了一遍。

“我不会是唯一一位在这条街上走过而想到要抽烟的人的。”他说，“如果哪个家伙在这里开个小店，我是说，烟草、糖果之类的，准能赚钱。”

他为此遽然一震。

他说：“真是奇怪，事情就是在你最没有想到的时候这样来了。”

第二天他去了那条街，而且很幸运地找到了一家出租的店铺。一个月以后，一个卖香烟和书报的店铺就开张了。他的妻子称这件事是他自从当上圣彼得教堂司事以后最糟糕的堕落，但是他回答说，人必须跟着时代变，再说，教堂也不再是以前的样子了。

奥伯特干得不差。在十年时间里，他一连开了不下十家这样的店铺，赚到了大笔钱财。每个星期一，他自己就到各家店铺去，将一个星期收到的钱统统收拢起来存到银行去。

有一天早晨，正当他在将一扎扎钞票和一大口袋银币交进银行的时候，一位银行出纳告诉他说，他们的经理想要见他。他被引进一间办公室，经理同他握手。

“佛曼先生，你在这里有很大一笔存款了，最好用它来投资。”

“我们会帮你转换成绝对可靠的证券的。这样会比银行所付的利息高得多。”

奥伯特富态的脸上出现了疑虑，说：“我从来没有接触过股票和分红，我只是想要把这些钱存放在你的手里就行了。”

经理笑了，说：“所有的一切我们都会帮你做的。你以后只要在传票上签名就行了。”

奥伯特不无疑虑地说：“不过，我怎么知道到底签的是什么呀？”

“我想你总应该会阅读吧？”经理以玩笑的口吻说。

“哦，阁下，但是我真的不能读也不能写，我只会签自己的名字。”

经理人吃一惊，从他的椅了上跳了起来。

“这是我平生所听说的最不寻常的事情。”经理呆呆地盯着他，仿佛他是一个史前的怪物。

“你是说，你经营了这么重要的生意，赚了三万镑的财富，却不会读也不会写？我的天呐！我的好人，如果你要是会读会写，那你现在还会成什么样啊？”

“我可以告诉你，阁下。”佛曼先生说，一丝笑容浮上了他依然高贵的面庞，“那我就还是内维尔广场圣彼得教堂的司事。”

点评

这篇微型小说采用场景转换的手法，通过教堂、街道和银行三个场景的转换，凸显了主人公佛曼命运的转折，由于新牧师的狭隘、教条，佛曼失去了在教堂的工作，被迫转行开店，最终获得了巨大的成功，这说明痛苦与磨难能使人寻找到新的出路。由于作品巧妙而高超的表现艺术，成功刻画了有着双重性格特征的人物佛曼：他温和、容忍，当新任牧师宣布他无法继续当司事的时候，他强忍愤怒，仍然保持了一种谦和礼貌的态度，最终他在懵懵懂懂的状态下误打误撞，走上了成功之路。毛姆善于谋篇布局，使得佛曼这个人物形象深深地拨动了每一个读者的心弦，也使得作品有了强大的感染力。

点评者：刘鸿凌，湖北省安陆市涢东学校高级教师，湖北省特级教师，湖北省初中历史讲解专家库成员，湖北省作家协会会员。

思考题

1. 佛曼具有双重性格特点，在文中有哪些体现？请结合文本内容简要分析。
2. 小说中，新任牧师和执事辞退佛曼的理由是什么？这一情节有什么作用？
3. 佛曼由一个教堂司事变成一位成功的商人，这给我们带来了哪些启示？试结合本文内容谈谈你的看法。

关键词

狭隘　成功

无论何时，我们都要与时俱进，不能故步自封。扫一扫二维码，获取《教堂司事》原文。

妈妈的秘密

@[日本] 赤川次郎

千万不能让丈夫知道。

绫子拿着那个小包，站在桥上。夜深人静，河水在黑暗中悄无声息地流淌着，让它带走这秘密吧——小包飞快落入河中。

回家吧，明天丈夫住院，得起个大早呢。绫子疾步往回走。轻轻打开后门，穿过厨房，溜进卧室——丈夫站在那里！丈夫满脸愤怒："上哪儿去了？""这……""哼，是把见不得人的东西扔到河里了吧！"丈夫真的动了气，绫子的脸也变白了。"扔了什么，说！"绫子忍不住反问："你怀疑我什么？""我替你说吧——是北山的信！"绫子睁大了眼睛。接着，慢慢将视线移至脚下。"跟那家伙勾搭上啦！""啪"，一记沉重的耳光，绫子头晕目眩，一头栽倒在床上。

当她好不容易抬起头时，女儿有纪子正怯生生地站在床边，黑黑的瞳仁里充满了恐惧和疑惑。“我到底是谁的孩子？”有纪子问，“是爸爸的，还是叫北山的那个叔叔的？”“你为什么问这个？”“想知道。”良久，绫子没有作声。微风吹拂着她那已大部分变白的头发。“好。”绫子终于开口了，“那就告诉你吧。和我结婚前，你爸爸爱着一个人，她叫……”

晶美，并不出众。他们都是高中同学。当时很迷恋他的绫子，偏偏和晶美又是最好的朋友。不过，这两个女孩儿那时都还不到敢向异性吐露爱心的年龄。因此，也就没有发生什么争“郎”大战。论家庭背景，绫子占上风。晶美死了父亲，与母亲二人相依为命，母亲还患有哮喘病，度日维艰，晶美常跟绫子说，到哪里能赚到钱为母亲治病呢？她自然穿不起绫子身上的漂亮衣裤，也不善于玩耍。不过，绫子知道，晶美特有的那种清纯、温柔和娴静是谁也比不了的。

那件事发生在一个炎热的暑假。晶美突然跑到了绫子家，他正巧也在，紧追而至的是一群恶煞似的男仆，他们的主人是当地首富，晶美的母亲在那家干活。“让那个女孩儿滚出来！”男仆们叫嚣说，他们小姐放在梳妆台上的宝石不见了，晶美当时正进府找她母亲，偷宝石者必是晶美无疑……他，发怒了，让晶美躲进里屋，他转身直奔门口，跟那帮男仆大吵起来。大概是被他那不要命的样子吓住了，男仆们嘟嘟哝哝着回去了。本来他们也没有充分的证据。他走向面色惨白、颤抖不已的晶美，温柔地拉起她的手……

然而，那件事并未结束。暑假期间，晶美偷盗宝石的传言飞遍整个镇子。新学期开始后，没一个人愿跟她说话，她母亲也失去了工作，母女俩的日子更难过了。他则明明确确地爱起了晶美。那不是出于怜悯或同情，而是纯粹发自内心深处的诚挚之情。绫子一如既往关心着晶美，同时暗暗在心里发誓：委屈自己，成全他们。

然而，单靠一个学生的爱情，是无法支撑母女俩的生计的。这件事终于打上了一个句号——晚秋的一个黄昏，晶美和她母亲一同投河自尽了。“后来，你爸爸倒插门到了咱们家，再后来，就有了你。”绫子停顿了一下，“不过，你爸爸在心里一直思念着晶美。我只是他的妻子，晶美才是他的恋人，而且只有她一个……”有纪子长长地叹了口气：“可这与您扔到河里的东西有什么关系呢？”“我打扫里屋的时候，发现了塞在天棚上的宝石，就把它偷偷地扔进了河里。”“是，是这样……”有纪子几乎喘不过气来。“晶美被人追到咱们家，趁你爸爸跟人吵架的当儿，踩着板凳，把宝石塞到了天棚里。”

“那您为什么不告诉爸爸呢？”绫子莞尔一笑：“我那时已经得知，晶美的不幸使你爸爸在心身方面所受的沉重打击和极度悲痛该有多大。对你爸爸来说，晶美是完美无瑕的女性偶像，如果告诉他真实情况，你想会发生什么事儿？”“妈妈！”有纪子紧紧地抱住了母亲，“您才是最爱爸爸的人啊。”绫子的脸微微发红：“男人，都是浪漫主义者，总喜欢生活在梦里……”

有纪子看着妈妈被爸爸打红的脸，心痛地说：“妈妈您虽然做得对，但是有些不值啊！”

小说开头一句“千万不能让丈夫知道”设置了悬念，成功地让读者带着好奇，想要一探究竟——什么事不能让丈夫知道？扔了什么？有纪子到底是谁的孩子？……接着，赤川次郎将真相通过蒙太奇的手法——把现实与回忆相结合，巧妙地呈现出来。在丈夫看来，绫子虽然是妻子，却并不是最爱的女人，所以他怀疑她，甚至打她；可是在绫子看来，最爱的却是自己的丈夫，她能为他坚守十几年的秘密，承受家人的误解；而在女儿有纪子看来，一开始妈妈是背叛爸爸的，是值得怀疑的，在得知真相之后她却为妈妈感到不值。

点评者：方斯文，湖北省孝感市孝南区实验二小语文教师，孝感市作家协会会员。

1. 用自己的话说一说“妈妈的秘密”是什么？
2. 文中有纪子对妈妈的看法有什么变化？具体表现在哪？
3. 文中最后有纪子心痛地说：“妈妈您虽然做得对，但是有些不值啊！”你认为妈妈的做法真的不值吗？说说理由。

关键词 **秘密 怀疑 爱**

爱，是不求回报的付出。扫一扫二维码，获取《妈妈的秘密》原文。

棋逢对手

@［英国］西瑞尔·哈尔

下面是警官的一份报告。

局长先生：

本月10日晚7点31分，本署接到电话：一个姑娘在帕尔瓦大街的维卡拉基巷被刺。打电话的人自称约翰·丹尼森。我认识这个青年人，他曾被指控斗殴和盗窃罪。

我随即赶赴现场，发现了芭尔京的尸体，时间是晚上8点37分。死者18岁，住帕尔瓦大街的特雷斯胡同，胸部被一把长刃刺杀而亡。

丹尼森很快赶来了。他是从约有150码外的公用电话间那儿来的，情绪十分激动。他告诉我当晚约好与死者会面，要陪她参加马克汉普敦市政厅的舞会。他们打算搭乘7点40分的公共汽车进城。这时，突然在巷子附近的灌木丛中跳出一个男人，面目在黑暗中无法辨认。

他给死者一击后立即逃亡。

经过进一步询问，丹尼森认定凶手是帕克。

我对这个青年人亦有所闻，他住在马格拉街的河滨巷，曾被指控犯有蓄意伤害罪。丹尼森声称，帕克两度因他与死者的关系公然对他以武力相威胁。尸体运走的工作安排妥当后，丹尼森随我去警署。帕克也在那儿，金帕探长记录了他的陈述。从笔录中得知，帕克是在 7 点 40 分到达警署的（我的实验结果表明，可以用 10 分 20 秒从犯罪现场跑到警署）。帕克陈述的大意是：他当晚与死者约会，准备去马克汉普敦的开罗电影院看电影，他坚信丹尼森就是凶手，并说丹尼森曾三次殴打过他。

在分别关押他俩的单间牢房里，我对两人都进行了仔细搜查。丹尼森身上有一块弄脏的手帕，一份马克汉普敦的《每夜新闻》，一包香烟，一盒火柴，一个钱包，内有三先令六点五便士的现金，一把随身携带的小梳子和一把带鞘短刀。他说带刀主要是防备帕克。刀子是刚磨过的。他穿的是“无赖青年”式的衣服，右袖口处有血污。他承认这可能是死者的血迹。他说在她负伤倒地时，他扶过她。

帕克身上也有一块弄脏的手帕，一只打火机，三张淫秽照片，一个钱包，内装现金两镑十先令六点五便士，一把小梳子，一条皮带，上面挂个空刀鞘，刀子被他藏在牢房的通风器里，与丹尼森的那把刀相似。他声称带刀主要是防范丹尼森。刀也是新近磨过的，刀上有血迹，他的手帕上也有血迹，他说是磨刀时划破了手。他右手的拇指上的确有一道新近愈合的伤口。他的服装式样与丹尼森的相仿，衣服上未发现有血污。

化验表明，所有的血迹均系 O 型，与死者的血型一致，帕克也是这种血型，丹尼森则是 AB 型。

11 日清晨，我重返现场勘察。虽然巷内路面泥泞，还是可以分辨出一男一女走向犯罪地点的脚印。我还从出事地点的一片灌木丛里，发现了一个男人的脚印。这脚印在这儿与那一对男女的脚印交错在一起，其中也混杂着我和其他警官的脚印。

我取来死者的鞋，证实了与脚印吻合。我又找来两个被拘者的鞋，两双鞋竟然几乎一模一样，都是新的，黄褐色的微孔皮革，皱胶底，鞋码均为十号。经查明，两人先后相差几天在马克汉普敦的同一家商店里所购。两双鞋都沾了泥，不用说每一双鞋都适合那两组脚印。

我走访了死者的母亲和姐姐。其母对自己女儿的情况一无所知，她姐姐告诉我，死者和这两个年轻人中的每一个都经常外出，每个人都曾为她和另一个人的交往而威胁过她。她说不上她妹妹是和其中哪一个共度了出事的那个夜晚，可她说她妹妹是个舞迷，经常去市政厅跳舞，又说她妹妹很爱看德怀特 · 拜布尔主演的片子，而这位影星的一部新片《巴黎恋歌》那天正好在开罗电影院上映。

审讯目前看来是无法进行下去了。两个年轻人都认定自己的供词全是事实，我简直没法确定谁在撒谎。要想找到更多的证据，希望十分渺茫。但两人之中必有一个是凶手。我非常遗憾，我没法在这种情况下将可疑的人犯逮捕归案。

警官：B. 波特里斯

局长把这份报告仔细看了两遍，接着在页边批示："立即逮捕丹尼森。他撒起谎来真是胆大包天，不过有一点他露了馅，如果他是带着芭尔京去参加舞会的话，他为什么竟穿着一双皱胶底鞋呢？"

点 评

这是一则警察破案小说，不仅表现了经验丰富的警察局长敏锐的观察、分析能力，还通过细节描写，反映了一系列道德、处世、家庭教育等问题。丹尼森、帕克、芭尔京三位年轻人的交友观、恋爱观，芭尔京母亲对女儿家教及监护的缺失都是这场悲剧的重要因素，从这个角度来看，这篇文章对当下青少年还有着教化意义，是一篇很好的反面教材。

点评者：丁丽，笔名非花非雾，中国作家协会会员，中学高级教师，从事语文教学 28 年。

思考题

1. 文中说“化验表明，所有的血迹均系 0 型，与死者的血型一致，帕克也是这种血型，丹尼森则是 AB 型”，为什么不能因此断定丹尼森是凶手呢？

2. 死者芭尔京是一名年轻的女孩，她的死除了凶手品性恶劣外，还有哪些自身的原因？

3. 死者的亲人中有一个母亲，一个姐姐。母亲对女儿的情况一无所知，姐姐对妹妹的行踪也说不清楚，你认为死者、母亲、姐姐三个人她们做得对吗？她们应该怎么做？

关键词

细节　撒谎

道高一尺魔高一丈，只有看破细节，才能找到真相。

扫一扫二维码，获取《棋逢对手》原文。

前途无量

@［美国］亨利·斯莱萨

周六下午，女佣怯生生地走进台球室时，斯坦利·塔沃斯打球正酣。

“后门来了个男人，他想要找点零活干。”

斯坦利不耐烦地说：“带他去工棚，示范给他看要干的活。告诉他，管一顿饭，再加三美元酬劳。”

过了一会儿，斯坦利觉得有些饿了，便走向厨房。流浪汉正坐在厨房的角落，低着乱蓬蓬的脑袋，正吃着一盘炖菜。他穿了件油渍斑斑的迷彩服，身体瘦长，衣服上挂着干活时留下的木屑，看起来约莫与斯坦利同岁。

斯坦利掏出一根雪茄，点上火。说：“我是不是见过你？”

“可能吧！”流浪汉咕哝着，“我这样的人多了。”

“戴夫 · 萨姆纳！”斯坦利突然叫嚷道，“戴夫，怎么会是你？”

流浪汉用刺耳的声音说道：“你怎么知道我的名字？”

“老天啊，我是斯坦利 · 塔沃斯。”

流浪汉一脸茫然。

“塔沃斯。”斯坦利激动地说，“华盛顿大学，我们一级的。”

“塔沃斯。”流浪汉柔声说道，“当然记得。”

斯坦利大笑起来。他转过头，兜住自己的胖下巴，直到它不再抖动。

“戴夫，你到底出什么事了？你是所有同学中的佼佼者，是前途无量的尖子生。”

流浪汉说：“你喜欢听走霉运的故事？我可以说一大箩。”

“我想要听你说，真心的。”斯坦利心急地说，“来根雪茄怎样？喝点咖啡？”

“好吧。”戴夫叹了口气，“刚毕业那阵子，我申请了外交官职位，在华盛顿，有大人物为我撑腰。随后，我发现薪水低得可怜，跳槽去了一家经纪公司，那是我老爹的朋友开的公司。接着，我娶了老板的女儿。她跟我处得不好，我甩了她。我用血汗钱付了六年抚养费，直到她钓上另一个傻男人。然后我开始酗酒。就混成现在这样了。”

“真叫人无法相信。”斯坦利笑着说，“我不像你，从来没法把书本的知识装进脑子……我拿手的只有台球，现在我有一间自己的台球室。”

戴夫盯着那撮弄脏了地砖的烟灰。

斯坦利豪爽地说：“你记得我老爸开的那家机械作坊吗？纯粹就是小打小闹，我继承了小作坊，然后把它扩大了。现在我的工厂做各种包装。”

“祝贺你。”戴夫说。

斯坦利得意地说：“我赚到了很多钱。”

“你一定有什么成功的秘密。”戴夫嘟囔着，“我从未学会什么经营的窍门，也没学会存钱，往往刚攒到一小笔，就会出点事情。还要应付那该死的税收。”

斯坦利欣喜地说：“假如你做生意，那是你真正要学习的一课。你得要懂得耍诡计，你得要学会如何留住你赚到的钱。我想出了许多逃税的办法。我有一半的买卖都用现金，从来不记账。我的客户得到九折的优惠，我则获得逃税的好处。你在学校里是学不到那些花招的，戴夫。也许那就是你我的区别。”

说话间，斯坦利拍了一下巴掌。“我希望你能见见我妻子，她是一个百老汇演员。”他说道。

戴夫站起身，说：“我得走了。”

“戴夫，稍等一下。”斯坦利打开光滑的真皮钱包，摸出一张钞票后，犹豫一下，又摸了一张。两张都是二十美元的钞票。他说，“这不是借你的，而是一点点小馈赠。”

“保姆说给三美元。”

“甭管她。就为了旧时光，行吗？”

戴夫接过钞票，匆忙塞进口袋。斯坦利看着他的背影，嘴里的雪茄一翘一翘的。

塔沃斯夫人购物回家，闻到了马丁尼酒的味道，在客厅，她看到微醺的丈夫正在翻阅破旧不堪的大学纪念册。

“怀旧呢？”她说。

“他在这儿。”斯坦利笑道，“瞧瞧他，戴夫 · 萨姆纳，公认的前途无量的学生。”

“模样不错。”塔沃斯夫人说，“你在哪？”她皱起眉头，找到了丈夫的圆脸蛋，“你的脸在哪儿我都能找到。他们怎么评价你的？”

“牌局老千。”斯坦利咬牙切齿地说，随即咧嘴一笑，把妻子拉进怀里，“我告诉你来龙去脉。”

六个月后，斯坦利再次见到了戴夫。

他收到传票，财政部办公室要求他回答几个有关所得税欺诈的问题。

结果，他发现政府的准备比他更充分。有一份来自他公司客户的证词记录是他辩解不了的。一周后，他接受联邦大陪审团的审判。出庭时，他看见戴夫走进法庭，坐在检控官的桌子后面。戴夫依旧高高瘦瘦，但整个人和上次所见截然不同，头发梳理得整整齐齐，胡须刮得干干净净，还穿了一套剪裁得体的西装。

同样的戴夫，俨然两人。

斯坦利转身问律师：“他是谁？”

“真是太惨了，你竟然不知道他是谁！”律师酸溜溜地说，“他是财政部最前途无量的探员。”

道高一尺，魔高一丈。小说中的老板斯坦利偶遇流浪汉老同学戴夫，在落魄的老同学面前，他为自己的成功而自鸣得意，无形中暴露了自己耍阴谋诡计、逃避税收的伎俩。岂不知，这一切却被身为财政部探员的对方全部掌握，斯坦利因此落入法网，受到惩罚。小说情节一波三折，引人入胜，悬念设置相当出色。

点评者：郭军平，全国十佳教师作家，中高考热点作家，渭南师范学院继续教育学院“国培计划”授课专家。

1. 小说中的老板斯坦利是一个怎样的人？
2. 小说中结尾有出人意料之感，谈谈小说中的“设悬”技巧。
3. 小说给我们怎样的人生启迪？

正义

戴夫真正的“前途无量”和斯坦利自认为的“前途无量”形成鲜明对比。扫一扫二维码，获取《前途无量》原文。

伤心的舞蹈

@苏童

我的粗壮的身体注定我跟舞蹈无缘，我要说的是我小时候的事情。

那是我在红旗小学上四年级时候的事了，至今记忆犹新，有一个春光明媚的下午，段红把我从跳绳的人堆里叫出来，她拉着我的手走过操场时所有的孩子都艳羡地看着我。段红是个五十多岁的穿白球鞋的老太太，她从我父亲那阵就开始教孩子们跳舞唱歌了。你要知道让段红牵着手意味着你交了好运。你可能入选宣传队了。

我跟着段红走进办公室，猛然发现李小果站在窗前，拿着粉笔在玻璃上画飞机和大炮。他歪过脖子朝我鄙夷地白了一眼。我明白他的意思，那意思就是你怎么也来了？

我当时气得直想把李小果拉出去毙了，我用不着害怕李小果的狗屁主任爸爸。段红让我一边蹦跳一边做一个擦玻璃的动作，不断重复，最后她喊停："跳得很好，像个红孩子。"

她掏出手绢擦了擦我脸上的汗，说："明天你和李小果一起来排练吧。"

我突然想起来段红让我表演的是《红孩子》里的动作。那个舞蹈就是六男六女十二个孩子手持扫帚、拖把、抹布搞卫生。它是我们学校宣传队的压台戏，但是那个负责擦玻璃的男孩转学走了。我和李小果就是来顶缺的，段红说："你们好好练，谁跳得好就让谁上台。"

宣传队里的十三个孩子每逢周三周末集中在大教室里，像群小鸡跟着段红老太太老母鸡闻乐起舞，我混杂在其中，那种幸福却是永生难忘的。

我接着要说的是另外一个孩子的舞蹈。那是个非常美丽的小女孩，她叫赵文燕。我认为赵文燕是个典型形象。赵文燕就是《红孩子》里举着拖把跳舞的女孩。

赵文燕的妈以前就是个跳舞的，后来不知为什么事，总是想悬梁自尽，三番五次的，没有成功。据说都是让赵文燕发现的，她哭叫着把椅子垫到她妈脚下，她妈就没办法了。

赵文燕化了妆像天仙一样惹人爱怜，但她一上台就紧张，一紧张她就会蹲下去，在台上尿尿，那叫作失尿症。宣传队之所以没有开除赵文燕，一是因为她漂亮，二是段红老太太不舍得她。段红说："她是让吓的，那孩子可怜。"

离会演只有七八天的工夫了。段红老太太把我叫到一边，悄悄地咬着我耳朵说："好好跳，我准备让你上台。"段红老太太就是这样一个喜欢咬着你耳朵说话的老太太。段红老太太真是一个世上罕见的老太太，她的腰肢比八岁女孩还要柔韧，舞步比风中杨柳还要婀娜。

她从年轻时就这样跳着，忘了结婚忘了生孩子。

“好好跳，让你上台。”

我记得这是段红老太太对我说的最后一句话。紧接着的一次排练发生了一件大事。段红老太太那天脸色非常红润，她跟以往一样像富有经验的老母鸡操练着小鸡的队伍，段红一遍一遍从圈圈外蹦进来跳出去，模拟擦玻璃的动作，我看见她突然不动了，双手柔美地停在空中。一个定格。段红的炯炯目光在一刹那间涣散了。我看着她的微胖的身子慢慢向后倒去。

那叫脑血栓，是高血压引起的灾病。以十三个孩子的知识，谁也理解不了脑血栓和死亡的关系。我从前认为学校的老师都是长生不死的。段红老太太死了一会儿还会活过来的，但翌日我一进学校就听说段红老太太真的死了。赵文燕伏在课桌上呜呜地哭个不停，她的书包摊在桌上，里面放着一只白球鞋，那是送段红去医院时掉在路上的。

段红老太太死后我以为宣传队也散了，因为没有人来召唤我去排练了，那是春光明媚的日子。有一天我走过大教室窗前惊奇地发现赵文燕李小果他们还在排练，校长和一个陌生的年轻女人在指挥他们。十二个，六男六女，只是没有了我。

我呢？不是说让我上让李小果滚蛋的吗？我伏在窗台上偷看了一会儿，想进去又不敢进去。我不明白他们为什么不要我而要李小果那天字第一号的大笨蛋。我这辈子尝到的第一回失落感就是这时候。这时候我十二岁，十二岁就有了失落感全是舞蹈的罪过。

我最害怕的日子终于来到了。会演了，地点就在学校的大礼堂里。

轮到《红孩子》上场了。六男六女十二个孩子分两排跳上舞台，我看见赵文燕的脸像个老妇女一样愁眉不展，她上台没跳几下就蹲了下去。站在台下的校长马上抱住了脑袋，朝天翻了个白眼。

赵文燕还是没憋住，她又尿啦！

我腾地站起来，拍手，大笑。我的笑声尖利响亮，班主任就从前排冲过来，把我摁倒在凳子上。但我还是忍不住，张大了嘴巴笑。班主任在我脸上刷了一巴掌。

你在十二岁时会这样笑吗？

这好像就是我要说的舞蹈的故事。

需要交代一下故事中的另外两个孩子的下落以构成故事。赵文燕在升中学前夕被上海一家舞蹈学校选去，我后来曾经在电视里欣赏过她的荷花舞，她跳起舞来显得美丽动人。赵文燕在上海跳舞的头一年，她妈妈就死了，依然是悬梁，赵文燕不在家里她妈妈就死成了。还有就是笨蛋李小果。李小果就是我们街上那个坐轮椅出门的残疾人。有一天他在建筑工程队搭脚手架的时候，从十米高空坠落下来，两条腿摔断了。

我想这叫作悲剧命运。悲剧命运就是你一辈子只跳过一次舞，但你的腿却摔断了。

就这么回事。舞蹈这东西你能说清到底是个什么东西吗？

小说塑造了一个可亲可敬、热爱舞蹈的教育者形象段红老师，还有“我”、赵文燕和李小果。以四个人物各自不同的遭遇来突出主题“伤心”，童年的记忆与成年后的生活形成时间上的长度，使文本具有厚重感，读来发人深省，令人回味无穷。

点评者：党文锦，一级教师，河南省汝南县教师笔会理事，江苏省泗阳县作家协会会员。

1. 本文以“伤心的舞蹈”为题，“伤心”的人是谁？“伤心”的事是什么？
2. 请分析段红老太太在小说中的作用。
3. 小说最后交代赵文燕和李小果的下落，作者这样写的意图是什么？

童年　悲剧

舞蹈是美的象征，带给人热情、快乐，但也让人更强烈地体会到生活的悲苦。扫一扫二维码，获取《伤心的舞蹈》原文。

唐古利烧饼的盛衰

@［日本］村上春树

无意间我发现早晨的报纸角落里登着一则广告："名果唐古利烧饼公司征求新产品说明大会。"唐古利烧饼？实在搞不清楚。不过既然是名果，大概是一种点心吧。我对点心倒是颇挑剔的，反正没事，因此就决定到那什么"说明大会"去露个脸。

大会在酒店的大厅举行，还准备了那唐古利烧饼作茶点招待。我拿了一个尝尝，味道并不怎么样，甜得有点腻，皮也太厚。我真不以为现在的年轻人会喜欢。

但是来参加说明会的，竟然都是跟我差不多年龄的，或者更年轻的。总共有一千多人！

"请问，你以前有没有吃过唐古利烧饼？"我试着问一个女孩子。

"那还用问吗？"女孩子说，"这很有名哦。"

“可是味道那……”我正要说时，她就踩了我的脚一下。周围的人也嫌烦地瞄瞄我。

过一会儿，女孩子悄悄对我耳语道：“到这种地方来居然还说唐古利烧饼的坏话，让唐古利乌鸦逮到了，你，就别想活着回去了。”

“唐古利乌鸦？”我吓了一跳，喊道，“什么叫唐古利乌……”

“嘘！”女孩子说。说明会开始了。

先由董事长讲唐古利烧饼的古老历史，然后总经理从辩证法的高度说明为什么要征求唐古利烧饼新产品。听起来冠冕堂皇，其实就是说唐古利烧饼的味道已经落伍，销售额也已下降，因此需要年轻人的创意。

回去的时候每个人都领了一份简章，也就是以唐古利烧饼为基础，做好创新的糕饼带来，奖金是两百万元。我决定试做一下新的唐古利烧饼。

正如刚才说过的，我对点心有一点挑剔。豆沙馅、奶油馅或烧饼皮儿，要怎么做就能怎么做的。一个月里要做出一种新唐古利烧饼还算简单。做好后我交给了唐古利制果公司。

一个月之后，他们总经理要和我面谈。

“你应征的新唐古利烧饼在我们公司内部颇受好评，”总经理说，“其中，尤以年轻阶层的评语最好。”

“可是另一方面，嗯，年纪大一点的，也有人说这不能算是唐古利烧饼。所以，干部会议决定，只好请教唐古利乌鸦了。”

“唐古利乌鸦到底是什么呢？”我问。

总经理摇摇头：“连唐古利乌鸦都不知道……算了，没关系，请跟我来吧。”

我跟在他后面。走廊尽头有一扇大铁门，一个体格魁梧的守卫过来把门打开。总经理说："所谓唐古利乌鸦是一种特殊的鸦族，自古就以吃唐古利烧饼为生……"房里有上百只乌鸦，在高达五米左右的仓库似的空旷的房里，架有几根横木棒，唐古利乌鸦就在上面一排排密密麻麻地栖息着，唐古利乌鸦比一般乌鸦大得多。仔细一看，它们竟然没长眼睛。应该有眼睛的地方，只粘着白色的脂肪球而已，然而身体却浮肿得像要胀破了似的。

唐古利乌鸦一听见我们进去的声音，就开始一面"啪啪啪啪"地扑着翅膀，一面齐声叫起来。起初听不出什么意思，后来才知道它们好像都在叫着"唐古利烧饼，唐古利烧饼"。总经理从手上捧着的盒子里，掏出唐古利烧饼撒在地上，于是一百只唐古利乌鸦竟一起飞扑而上，并且为了争夺唐古利烧饼，而互相啄食别的乌鸦的脚爪，甚至眼睛。哎呀！完了，原来就是这样才都失去了眼睛。

接着，总经理从另外一盒里，拿出类似唐古利烧饼的其他糕饼散落在地上。

"你看，这些是唐古利烧饼竞赛中落选的东西。"

乌鸦们和刚才一样，一拥而上，可是一发现那不是唐古利烧饼之后，却都把它吐掉，并一起愤怒地高声叫着：

"唐古利烧饼！"

"唐古利烧饼！"

"唐古利烧饼！"

"你看吧！只吃真正的唐古利烧饼呢。"他得意扬扬地说，"冒牌货沾都不沾。让我把你做的撒下去看看，吃就入选，不吃就落选。"

我不安起来。总经理只管把我应征的"新唐古利烧饼"撒满一地。

乌鸦们又一起蜂拥而上。接下来混乱开始了，有的满足地吃着，有的把它吐出来，吼着：唐古利烧饼！其他抢不着、没吃到的乌鸦，竟然对着吃到的乌鸦的喉部猛力啄下，血花缤纷飞溅。还有的乌鸦刚扑向别的乌鸦吐出来的烧饼，却又被大叫“唐古利烧饼”的巨大乌鸦捕捉到，肚子被撕裂了。虽然只不过是个饼而已，但对乌鸦们来说却代表了一切。

“你看吧！”我对总经理说，“因为你一下子撒太多，对他们刺激过度了。”

然后我一个人走出房间，下了电梯，走出唐古利制果公司的建筑物。虽然奖金两百万元泡汤相当可惜，不过叫我跟那些乌鸦打交道，那可免谈！

我只做自己爱吃的，给自己吃。管他什么乌鸦，全都互相啄死算了！

点评

推陈出新，与时俱进，是事物发展运行的规律。抱残守缺，因循守旧，不思变通，只守着僵化的条条框框，何止是名果唐古利制果公司？小说记述了“我”参加唐古利制果公司应征会，制作的新唐古利烧饼获得年轻人好评，却遭到年纪大一点的人非议，最后公司只好让唐古利乌鸦来鉴别，而“我”对此嗤之以鼻。小故事蕴含大道理，揭示哲理，给人启迪，令人遐思。

点评者：郭军平，全国十佳教师作家，中高考热点作家，渭南师范学院继续教育学院“国培计划”授课专家。

1. 阅读文章，分析唐古利烧饼盛衰的原因是什么？
2. 文中的“我”是怎样一个人？
3. 小说善于设置悬念，请举例赏析。

鉴别

国家、民族、个人要想发展进步，就必然要创新。扫一扫二维码，获取《唐古利烧饼的盛衰》原文。

开市大吉

@老 舍

我，老王和老邱，凑了点钱，开了个小医院。老王的夫人做护士主任，她本是由看护而高升为医生太太的。老邱的岳父是庶务兼会计。我治内科，老王花柳，老邱专门痔漏兼外科，王太太是看护士主任兼产科，合着我们一共有四科。老老实实地讲，内科收费少，要敲是敲花柳与痔疮，老王和老邱是我们的希望。我和王太太不过是配搭，她就根本不是大夫，对于生产的经验她有一些，因为她自己生过两个小孩。

我们开了张。院中三层大楼是转运公司的，“我们”一共只有六间小平房。“大众医院”四个字在大小报纸已登了一个半月。名字起得好——不赚大众的钱，赚谁的？把大众招来后，再慢慢收拾他们。门诊施诊一周，人来得不少，还真是“大众”。晚上我们开了紧急会议，专替大众不行啊，得设法找“二众”。有大众而没贵族，由哪儿发财去？

老邱把刀子沾了多少回消毒水，一个割痔疮的也没来！长痔疮的阔佬谁能上“大众医院”来割？

老王出了主意：包一辆能驶的汽车，把二姥姥接来也好，把三舅母装来也行。一到门口看护赶紧往里搀，接上三四十趟，四邻的人们当然得佩服我们。再赁几辆不能驶的汽车，在医院门口放一天，一会儿咕嘟一阵，外人还不给唬住？

第二天我们照计而行，不能不佩服老王，第三天刚一开门，迎头来了一辆汽车，四个丫环搀下一位太太来。我轻轻地托住太太的手腕，搀到小院中。老太太的第一句话就叫我心中开了一朵花。“唉，这还像个大夫——病人不为舒服，上医院来干吗？东生医院那群大夫，简直不是人！”“老太太，您上过东生医院？”我非常惊异地问。

“刚由那里来，那群王八羔子！”乘着她骂东生医院——凭良心说，这是我们这里最大最好的医院——我把她搀到小屋里，我知道，我要是不引着她骂东生医院，她决不会住这间小屋，“您在那儿住了几天？”我问。

“两天，两天就差点要了我的命！”老太太坐在小床上。我直用腿顶着床沿，我们的病床都好，就是上了点年纪，爱倒。“怎么上那儿去了呢？”我的嘴不敢闲着，不然，老太太一定会注意到我的腿的。

“别提了！——你看，大夫，我害的是胃病，他们不给我东西吃！”老太太的泪直要落下来。“不给您东西吃？”我的眼都瞪圆了。“有胃病不给东西吃？蒙古大夫！就凭您这个年纪？老太太您有八十了吧？”老太太的泪立刻收回去许多，微微地笑着：“还小呢。刚五十八岁。”

“和我的母亲同岁，她也是有时候害胃口疼！”我抹了抹眼睛。“老太太，您就在这儿住吧，我准把那点病治好了。这个病全仗着好保养，想吃什么就吃：吃下去，心里一舒服，病就减去几分，是不是，老太太？”

老太太的泪又回来了，这回是因为感激我。“大夫，你看，我专爱吃点硬的，他们偏叫我喝粥，这不是故意气我吗？”“您的牙口好，正应当吃口硬的呀！”我郑重地说。

“我是一会儿一饿，他们非到时候不准我吃！”“糊涂东西们！”

我和老太太越说越投缘。“你们这里也有看护呀？”老太太问。“有，可是没关系。”我笑着说，“您不是带来自个丫环吗？您干脆包了这个小院吧。不妨再叫个厨子来，您爱吃什么吃什么。我只算您一个人的钱，丫环厨子都白住，就算您五十块钱一天。”

老太太叹了口气：“钱多少的没有关系，春香，你回家去把厨子叫来，顺手带两只鸭子来。”我后悔了：怎么才要五十块钱呢？真想抽自己一顿嘴巴！幸而我没说药费在内；好吧，在药费上找齐儿就是了；反正看这个派头，至少一个儿子当过师长。况且，她大概不会三五天就出院，事情也得往长里看。

医院很有个样子了：四个丫环穿梭似的跑出跑入，厨师在院中墙根砌起一座炉灶。我们也不客气，老太太的果子随便拿起就尝，鸭肉也吃它几块。始终就没人想起给她看病。

我和老王先后开了张，老邱可有点挂不住。他手里老拿着刀子，我都直躲他，恐怕他拿我试试手。吃过午饭，来了！割痔疮的！四十多岁，胖胖的，肚子很大。王太太以为他是来生小孩，后来看清他是男性，才把他让给老邱。老邱的眼睛都红了，三言五语，老邱的刀子便下去了。小胖子疼得直叫唤，央告老邱用点麻药。老邱可有了话：“咱们没讲下用麻药哇！用也行，外加十块钱。用不用？快着！”小胖子连头也没敢摇。老邱给他上了麻药。又是一刀，又停住了："我说，你这可有管子，刚才咱们可没讲下割管子。还往下割不割？往下割的话，外加三十块钱。不的话，这就算完了。"我在一旁，暗伸大指，真有老邱的！

当天晚上我们打了点酒，托老太太的厨子给做了几样菜。菜的材料多一半是利用老太太的。一边吃一边讨论我们的事业，我们决定添设打胎和戒烟。老邱的老丈人最后建议，我们匀出几块钱，自己挂块匾。老丈人已把匾文拟好——仁心仁术。陈腐一点，不过也还恰当。我们议决，第二天早晨由老丈人上早市去找块旧匾。王太太说，把匾油饰好，等门口有过娶妇的，借着人家的乐队吹打的时候，我们就挂匾。到底妇女的心细，老王特别显着骄傲。

点评

小说中的冒牌医生们为了扩大生意，挂上“仁心仁术”的牌匾，增加这篇文章戏剧性和讽刺性。冒牌医生们的巧言令色，患者们的愚昧无知，才使医院得以开市大吉。在这些冒牌医生高明的哄骗下，人性的贪婪暴露无遗。文章通过不问政事的军官、刁蛮任性的老太太、单纯老实的胖子看病的过程，将冒牌医生的荒诞行为描述得淋漓尽致，也以此委婉地批判了当时社会上的丑恶现象。

点评者：谭怡，重庆市永川中学语文教师，中学高级教师，重庆市教学名师。

思考题

1. 简要分析第 3 段在文中的作用。
2. 小说在刻画“我”这个形象时，突出了“我”的哪些特征？请简要分析。
3. 结合文章的内容，概括本文的写作特色，并简要分析。

关键词　**讽刺　治病　贪婪**

愚昧无知的人们在冒牌医生哄骗下，使得荒诞的“医院”开市大吉。扫一扫二维码，获取《开市大吉》原文。

永远的蝴蝶

@陈启佑

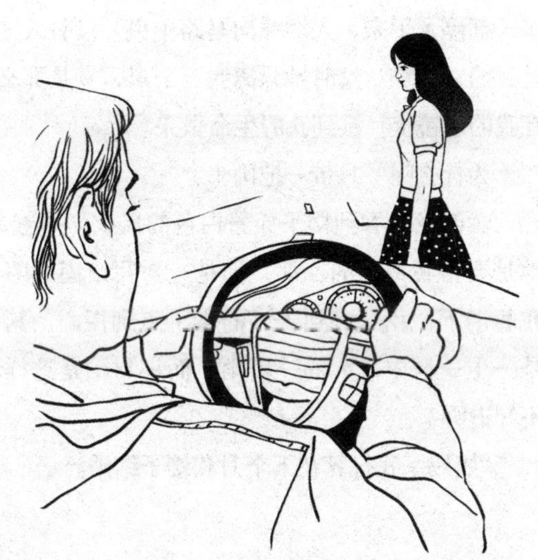

那时候刚好下着雨，柏油路面湿冷冷的，还闪烁着青、黄、红颜色的灯火。我们就在骑楼下躲雨，看绿色的邮筒孤独地站在街的对面。我白色风衣的大口袋里有一封要寄给在南部的母亲的信。

樱子说她可以撑伞过去帮我寄信。我默默点头，把信交给她。

“谁叫我们只带来一把小伞哪。”她微笑着说，一面撑起伞，准备过马路帮我寄信。从她伞骨渗下来的小雨点，溅在我眼镜玻璃上。

随着一阵拔尖的刹车声，樱子的一生轻轻地飞了起来，缓缓地，飘落在湿冷的街面上，好像一只夜晚的蝴蝶。

虽然是春天，好像已是秋深了。

她只是过马路去帮我寄信。这简单的行动，却要叫我终生难忘了。我缓缓睁开眼，茫然站在骑楼下，眼里裹着滚烫的泪水。世上所有的车子都停了下来，人潮涌向马路中央。没有人知道那躺在街面的，就是我的，蝴蝶。这时她只离我五公尺，竟是那么遥远。更大的雨点溅在我的眼镜上，溅到我的生命里来。

为什么呢？只带一把雨伞？

然而我又看到樱子穿着白色的风衣，撑着伞，静静地过马路了。她是要帮我寄信的，那，那是一封写给南部的母亲的信。我茫然站在骑楼下，我又看到永远的樱子走到街心。其实雨下得并不大，却是一生一世中最大的一场雨。而那封信是这样写的，年轻的樱子知不知道呢？

“妈妈：我打算在下个月和樱子结婚。”

点评

一场惨烈的人命车祸，在作者笔下化为“一生轻轻飞起，缓缓落下，飘落湿冷地面”的短暂瞬间，好生凄凉；一段将修成正果的爱情故事，在主人公心中成了“一生一世中一场最大的雨”，好生凄美；一段不长的文字，一个不复杂的情节，却成为一个不朽的经典，文章笔触的含蓄婉转细腻，好生厉害。其中，“蝴蝶”“雨”意象词的使用，耐人寻味；“永远的蝴蝶”“一生一世中最大的一场雨”“大的雨点溅在我的眼镜上，溅到我的生命里来”双关语的运用，耐人咀嚼；“这时她只离我五公尺，竟是那么远”“其实雨下得并不大，却是我一生一世中最大的一场雨”“虽然是春天，好像已是秋深了”意思相对的句子大胆组合，让读者在无限伤感中生发出无可复制的唯美感。

点评者：穆清，山西省太原市娄烦县职业中学一级教师。

1. 请分析理解文章标题“永远的蝴蝶”的含义？

2. “为什么呢？只带一把雨伞？”表达了作者怎样的情感？文中类似独句成段的地方还有几处，试分析这类语句内容、情感和结构上的作用。

3. 请分别理解语句“更大的雨点溅在我的眼镜上，溅到我的生命里来”“其实雨下得并不大，却是一生一世中最大的一场雨”的含义。

爱情　生命

扫一扫二维码，获取《永远的蝴蝶》原文，体会“我”在骤然之间永远地失去了未婚妻樱子后的伤悲之情。

高贵的捐赠

@ 方冠晴

这是一场惨痛的灾难。一场大火，夺去了这个家庭女主人的生命，吞噬了这个家庭所有的财产，男主人和他那叫翔子的小孩在消防人员的帮助下，艰难地逃了出来。

我是在灾难后的第二天去看望他们的，带去了一点点钱，算是对他们的捐赠。在捐赠的人群中，有一对母女引起了我的注意，她俩显然也是来捐赠的，却待在人群的外围。那个母亲蹲在地上，絮絮叨叨地向那个只有四五岁的小女孩说着什么，而那小女孩噘着嘴，一脸的不情愿。

我猜测，可能是这位母亲拿了女儿不愿意拿出的东西来捐赠，才引得了小女孩的不高兴。我走过去，才发现自己的猜测错了。那位母亲正在指着地上的那堆东西对女儿说："你瞧，这被褥，是妈妈最好的被褥。这件衣服，是你爸爸刚买的、最好的一件衣服。我们都能将自己最好的东西拿来捐给翔子家，你为什么就不能拿你最好的呢？你有那么多玩具，为什么偏偏就拿这个破旧的玩具熊呢？”

小女孩有些局促不安，小声地问：“难道就要将最好的东西送给别人吗？非得是最好的吗？”母亲回答说：“我想是的。咱们能不能不捐这破旧的熊，捐你最宝贝的？”

小女孩抬起头来，有点手足无措，但最终还是小声说：“我，舍不得。”

停了几秒，小女孩又问：“我要是将我最宝贝的东西捐给了翔子，他还会还给我吗？”我忍不住就插了嘴，因为小女孩提问的样子实在是太可爱了。“当然不会，哪有捐出去的东西又要回来的道理？”小女孩有些不死心，抬头看了看她的妈妈。她的妈妈点了点头，算是肯定我的回答。女孩这才彻底低了头。我们一道走过去，我将准备好的一点点钱交到翔子父亲的手里，说上一两句安慰的话。小女孩的母亲送上带来的被褥和衣物。小女孩慢慢走上前去，拉过满脸泪痕的翔子的手，郑重地、小心翼翼地将她母亲的手交到翔子那只小手上，她的脸色已经苍白，咬了咬嘴唇，再咬了咬嘴唇，然后下了很大决心似的说：“翔子，我将我妈妈捐给你了，你以后有妈妈了。”她的眼泪顺着脸颊淌了下来，然后嘤嘤地哭出了声，转身跑开了。

我终于明白了……

我跑出人群去安慰她，她的母亲也追了过来。小女孩抬起头来，满是泪花的双眼定定地看着她的母亲，然后怯怯地说：“妈妈，不，翔子的妈妈，我不是想将你要回来，可是，我还是想亲你一下。你别告诉翔子，偷偷地让我亲一下，好吗？”

她的母亲一把抱住她，疯狂地吻她。我看到，这位母亲的眼里，噙满了眼泪，满脸都是幸福而又骄傲的神情。

我的眼睛也湿润了，为这小女孩，更为她的母亲。这是我迄今为止看到的最为高贵的捐赠。面对别人的灾难，我们奉上的只是微薄的关爱和同情，而这小女孩奉上的，是她的整个世界。这也是我看到的最为高贵的母亲，她在她女儿那小小的纯洁的心里种上了爱的种子，开出了高贵的花。

点评 父母是孩子的第一任老师，有什么样的父母就有什么样的孩子。小说中一对母女在面对受灾的翔子时，在对待捐赠问题上，母亲给女儿上了最好的一堂课。在母亲的教导下，可爱的小女孩把自己最宝贵的东西——她的母亲交给翔子，这真是令人想不到的一幕奇特的捐赠。童心最真，童心可贵，让我们善待这可贵的童心吧，善待这高贵的捐赠。它是美的教育结出的最美的果子。

点评者：郭军平，全国十佳教师作家，中高考热点作家，渭南师范学院继续教育学院“国培计划”授课专家。

1. 结合小说内容，说说题目“高贵的捐赠”的含义。
2. 小说中母亲是怎样一个形象？
3. 这篇小说隐含了什么道理？

捐赠　大爱

爱是发自内心的、自觉自愿地真诚付出，爱是把自己最珍贵的东西捐献给最需要的人。扫一扫二维码，获取《高贵的捐赠》原文。

1992年的那轮太阳

@江志强

1992 年，是我从农村走向城市的起始之年。

因为从小在农村长大，我转学到城里中学后遇到了一个大难题——不会说普通话。为此，城里同学纷纷嘲笑我、奚落我，不少人甚至联合起来欺负我、隔离我。

于是，我陷入一种极其自闭的状态里，甚至也丧失了学习的信心。

很多时候，老师在课堂上提问我，我明明会答，也装作不懂，紧闭着嘴，一声不吭。老师不明情况，当着全班同学的面批评我，我拼命忍着泪水。放学后，狂奔回家，扯着嗓子哭了个天翻地覆。哭过之后，捧起乡下爷爷写给我的信，泪水打湿了信纸，打湿了爷爷寄来的每一声叮嘱。或许是因为这个原因，我的学习成绩一落千丈。

我成了班里的“重点人”。

立冬前一天，周五。上午第三节课铃声刚响过，白发苍苍的刘校长突然进了教室，他一眼便找到了缩在墙角的我，朝着我招手。

在全班惊诧的目光中，我跟着刘校长出了教室，穿过操场，来到一间老屋前。“你是更乐村人？”校长问。我点头。“我也是。”校长说。

蓦地，我抬起了头，直视他。

“这堂课，咱们就唠唠家乡话。”校长笑道。言毕，校长说起了地地道道的家乡话。我和他之间的距离一下子拉得很近。

校长和我讲了很多故事。

讲完故事，校长又和我谈心，谈学校，谈学习。临了，他取出一台收音机送我，用标准的普通话说：“孩子，好好学习普通话吧。说好普通话，是你的一件法宝！十几年前，我也是这么学习普通话的……”

那一刻，我的眼睛湿润了，周身暖洋洋的。我突然觉得有两个太阳在照耀着我，一个是天上的太阳，一个是校长。天上的太阳暖着我的身子，校长暖着我的心。

打那时起，我在校园里似乎有了依靠，有了知音，那就是校长。

仅仅过了三个月，我的普通话就有了很大长进。之后的学习，更是一路高歌猛进。

2018 年，是我父母进城第 37 个年头。初秋时，我携妻带子回家乡探望爷爷。

回到家，遍寻爷爷，不遇。我向邻居们打听，在村东那截土墙边，我找到了爷爷。

爷爷虽年迈，眼力听力却不降，他指着不远处一位老人说：“看看那是谁？”我顺着爷爷指的方向看过去，感觉有些面熟，却不知如何称呼。爷爷说："那是你当年的刘校长啊！"瞬间，我愣住，如烟往事一波波荡漾开来。

爷爷推我一把："快过去打声招呼啊！那可是咱们的恩人啊！"

我奔过去，叫一声"校长"，然后，朝他深深鞠躬。校长抬起头，看着我，竟脱口而出我的名字。原来，他一直没把我忘记。

那天中午，我把校长请到家里，恭恭敬敬为校长斟酒、敬茶。校长又讲了一个我不知道的故事。这个故事，使我震惊良久。

校长是爷爷的发小，关系铁得很。我进城不久，爷爷知道我不开心，专程给校长写信，请校长做我的工作。直到现在我才明白，1992年立冬前一天，我的身边环绕着三个太阳——天上的太阳、身边的校长、老家的爷爷。前两个太阳，看得见，摸得着，爷爷这轮太阳，却藏在家乡的老巷里，藏在风中。

点评

俗话说：良言一句三冬暖，恶语伤人六月寒。在每个人成长的过程中，总离不开心灵太阳的照耀。小说中的主人公正是如此，在他心灵受到创伤的时候，校长及时开导了他，让他感受到了人生的温暖，从此，学习高歌猛进。几十年后，回到故乡探望爷爷，才得知了更深层的秘密。爷爷的爱，更加显得高大，显得深厚。小说善于在结尾给人一个很大的惊喜，让人意料不到，又在意料之中。

点评者：郭军平，全国十佳教师作家，中高考热点作家，渭南师范学院继续教育学院"国培计划"授课专家。

1. 说说题目中的那轮太阳指的是谁？谈谈你的理由。
2. 理解“爷爷这轮太阳，却藏在家乡的老巷里，藏在风中”的深刻含义。
3. 小说主人公的故事告诉了我们什么道理。

温暖

童年的太阳照亮了“我”成长的路。扫一扫二维码，获取《1992 年的那轮太阳》原文。

无法不对你残酷

@安　宁

弟弟考上北京的大学时，与我当年一样大，17 岁。母亲要我回去接他上学，我想起这么多年一个人走过的路，便坚决地拒绝了。我说："有什么不放心的，一个男孩子，连路都不会走，考上大学有什么用？"

弟弟不善言语，略略羞涩，普通话又说得蹩脚，扫一下眉眼，便知道是乡村里走出来的。在经历了一个艰难的旅程之后，弟弟终于站在了学校门口，我笑脸迎上来，他的泪一下子流了出来。眼前这个瘦弱青涩的少年，头发蓬松，满脸汗水，嘴唇干裂，额头上有一道轻微的伤痕。看着他我有一刹那的心疼，抬手给他温暖的一掌，说："祝贺你，终于一个人闯到北京来了！"

临走的时候，只给他留了两个月的生活费。我看见他站在衣着光鲜的学生群里，因为素朴而显得那么落寞和孤单。多么像刚入大学的我，因为卑微，进而自卑。我笑笑说："北京是残酷的，也是宽容的，只要你用心、努力，你也会像姐姐那样，自己养活自己。"我知道弟弟年少，对此不会有太多的理解。他只是难过，为什么那么爱他的姐姐，在北京待了几年，便变得如此不近人情？

一个月后，弟弟打电话来，求我给找份兼职。我说："你的同学也都有姐姐可以找吗？"他没说什么话，便啪的一声挂断了电话。顷刻，母亲的长途便打了过来，她几乎愤怒地说："你不给他钱就算了，连份工作也不帮着找，他不依靠你还能依靠谁？"我不知道怎么解释才能让母亲明白，我只是觉得我所吃过的苦他也应该能吃。因为我们都是乡村里走出来的孩子，如果自己不能闯出一条路来，贫困不仅会把所有的希望都熄灭掉，还会留下无穷的恐惧。

我最终还是答应母亲，给弟弟一定的帮助。但也只写了封信，告诉他所有可以收集到兼职信息的方法。这些我用了四年的时间积累起来的"财富"，终于让弟弟在一个星期后，找到了一份在杂志社做校对的兼职。在他领了第一份工资后，我去赖他饭吃，他仔细地将要用的钱算好，剩下的，只够在学校食堂里吃顿"小炒"，但我还是很高兴，不住地夸他。他低头不语，忽然像吐沙子似的狠狠吐出一句："同学们都可怜我，这么辛苦地自己养活自己；别人都上网聊天，我还得熬夜看稿子；钱又那么少，连你工资的零头都不到！"我笑道："可怜算什么，我还被别人耻笑过呢！在现实面前，你如果不用心、不努力，连腰板都挺不直的。"

之后的日子，弟弟很少再打电话来。有一次我打电话去，他不在，他的舍友很惊讶地说，他从来没有说过有个在北京工作的姐姐。我知道弟弟仍无法理解我的残酷，但我深知，嘲弄和讥讽，自信与骄傲，都是要经历的，只有这样，他被贫穷折磨着的心，才会愈加坚忍顽强。

学期末，我们再见面，是弟弟约的我。在一家算得上档次的咖啡吧里，他很从容地请我"随便点"。面前这个衣着素朴但充满自信的男生，嘴角，很持久地上扬着；言语，也是淡定沉稳；眉宇里，竟是有了点男人的味道，终于不再是那个说话吞吐遇事慌乱的小男孩。在这短短的半年里，他做过校对，卖过杂志，当过家教，刷过盘子，而今，他又拿起了笔，记录青春里的欢笑与泪水，并因此赢得更高的报酬和荣光。他的成熟，比初到北京的我，整整提前了一年。

外面飘起了雪花，我们细细地品味着苦中带甜的咖啡，慢慢地欣赏着这个美丽的城市。

点评

姐姐以“无法不对你残酷”为由，先是拒绝接弟弟，后只给弟弟留两个月生活费，还婉拒弟弟帮忙找兼职的请求，逼着弟弟从胆怯柔弱的农村娃，一步步变成坚强成熟的男子汉。——“外面飘起了雪花，我们细细地品味着苦中带甜的咖啡，慢慢地欣赏着这个美丽的城市”，姐姐的这种欣慰之情，相信读者也会感同身受。

点评者：方斯文，湖北省孝感市孝南区实验二小语文教师，孝感市作家协会会员。

思考题

1. 找出文章中一些带哲理性的议论性语句，并谈谈对句子含义的理解。
2. 结合文本，谈谈对“无法不对你残酷”的看法？
3. “他的成熟，比初到北京的我，整整提前了一年”的原因是什么？

关键词　**残酷　独立　成长**

磨炼亲人的残酷是最深沉的爱。扫一扫二维码，获取《无法不对你残酷》原文。

每一朵花儿都应该拥有春天

@ 明晓东

在寻找画家姐姐家的路上，李小若又想起了那年夏天的午后，那一片百合花般的记忆便像水一样漫了上来。李小若还记得，那是有生以来第一次逃课吧，反正过完这个周六就不用再上学了。李小若明白那天离开家时父亲的话。父亲说，十六岁的丫头了，也该帮家里干活了。读书有啥用，以后还不照样嫁人。

李小若不怪父亲，她知道家里的处境，父亲一个人挣钱供她们三个丫头读书的确是很艰难的，更何况还有一个常年卧病在床的母亲。可是十六岁的女孩子总有许多绚丽的梦想，李小若的梦想就是当一名画家。

周五晚自习后，李小若感到了无比轻松，因为明天就永远不用再来学校了。这时候，班主任却走进教室告诉大家一个让李小若既高兴又绝望的消息：周六不放假，因为有城里的画家来捐赠，听说还是一个女画家呢。

李小若决定暂时留下来，她要看看女画家到底是什么样的。

周六的中午，李小若终于看到她向往了好久的画家，一个看起来比自己大不了几岁的女子，一袭素洁的衣裙，恬静淡远的目光，像一株美丽的百合花，给人一种亲切而高洁的感觉。李小若想起了自己的画家梦，如果自己也像画家姐姐一样，那该多好啊。想着，李小若伤心起来，低着头准备出教室。

“那位穿黄衣服的小女孩，你叫什么名字？”李小若听到画家姐姐的声音，抬头见画家姐姐正亲切地看着自己。李小若忽然感觉自己不伤心了，她响亮地回答了画家姐姐，并说出了自己的画家梦。

李小若看见画家姐姐会心地笑了，然后对班主任说：“就是她吧，这个小姑娘眼里的忧郁让我感觉她需要我来帮助她完成自己的梦想。”

李小若幸福极了，她看到陪同画家姐姐一块儿来的那位大哥哥用笔详细地记下了她的情况。李小若心头的冰一下化开了，连头顶的太阳都似乎在幸福地向她微笑。

李小若终于没有失学，因为每个月她都会收到画家姐姐寄给她的生活费。李小若有了在学校继续待下去的资本，也有了实现她的画家梦的动力。

后来，李小若考上了中央美术学院，成为村里第一个到北京上大学的女孩子。在大学里，她兴奋得像一个小鸟一样，在游遍整个大街之后，她总是想起那个周六，想起那个给她帮助的画家姐姐。

一晃就快毕业了，李小若想着是该去看看画家姐姐了，也许毕业后她会帮自己留在北京，让自己变成地道的城里人呢。

按照信封上的地址，李小若好不容易找到了画家姐姐的家，李小若兴奋得不知道怎样才好。画家姐姐还会记得她吗？李小若想。

门开了，李小若真的不敢相信这就是那个像圣洁的百合花一样的姐姐的家。客厅里凌乱不堪，开门的是那个和姐姐一块儿去学校资助她的哥哥。李小若突然有了一种不安的感觉，她抬头看见了墙上黑色镜框里的姐姐正微笑地看着她。

“姐姐呢？”李小若急忙抓住那个大哥哥的手问道。

大哥哥似乎并没有忘记她，轻轻地转身从抽屉里拿出一幅画和一本存折递给了她。从大哥哥的叙述中，李小若才知道，原来在她考上美院的那一年，画家姐姐就因为绝症，带着对李小若的关爱去了另一个世界。临终前，她托大哥哥把这幅画和存折交给李小若，存折里的钱，足够李小若上完大学。“这个孩子和我有缘”，画家姐姐经常说。

打开画，原来画的是李小若家乡的景物，校园破败的花坛里，夕阳下一朵朵美丽的花儿争先恐后地伸出花瓣儿享受阳光的照耀，画的一角写着：每一朵花儿都应该拥有春天。

李小若哭了，她仿佛又看到那年的阳光下，一身素洁的画家姐姐，如一朵美丽的百合花在洒满阳光的校园里绽放。李小若想起了自己来之前的想法，为了留在北京，她几乎想尽了办法，甚至接受了一位父母在北京当官的同学的追求。此时，李小若为自己的那些心思而羞愧。

李小若拿出手机，给那位能够让自己留在北京的男友发了一个短信：“我们分手吧，我已经决定回家乡去了，明天就走。”放下手机，李小若的眼前仿佛又出现了那年的阳光，一株美丽的百合花正对着她开出美丽的笑颜，她在干净的校园里漫步，暖融融的阳光在她的头顶轻轻地流淌，如同一条看不见的河流，将她的梦想带到了很远很远的地方。

点评

梦想就像是地平线上的曙光，带给女孩心灵的阳光。李小若——一个家境困难即将辍学的女孩，也因遇到美丽善良的画家姐姐而拥有继续追求梦想的机会，最终考入中央美术学院。像一朵百合，拥有了自己的春天。而在文章的最后，李小若放弃留在北京的机会，远离繁华，回到家乡，用梦想、微笑、意志，让百合花继续美丽绽放，让人生不再有尘埃。小说语言平实，但画家姐姐无私的捐助、李小若最后回乡的选择，都透着一种深切的人情之美，因而十分感人。整篇文章给人以性情的陶冶，增进人们对真善美的理解。

点评者：张莉娟，湖北省孝感市孝南区陡岗中心小学语文教师，湖北省作家协会会员，出版文学作品集两部。

思考题

1. 通读全文，你觉得文中的画家姐姐是一个怎样的人？
2. 小说最后，李小若为什么放弃留在北京，选择回到家乡？
3. 小说开头和结尾都提到了百合花，有什么用意？这样写有什么好处？

关键词 梦想

只有依靠自己的努力，才能成长、蜕变成美丽的花儿。扫一扫二维码，获取《每一朵花儿都应该拥有春天》原文。

月亮是妈妈的枕头

@ 朱成玉

拗不过一个老师朋友的再三请求，我这个“知名作家”只好临时客串，给她的学生们去上一堂作文课。为了激发孩子们的想象力，我事先做了三张卡片，上面分别写着“落叶”“微风”和“弯月”，我想让孩子们用尽可能多的词汇来比喻它们。

作文课开始后，卡片在孩子们手中快乐地传递着，大家的兴致都很高，仿佛在传递一个快乐的消息。他们浮想联翩，各种各样的比喻层出不穷，卡片上密密麻麻地写满了孩子们天真的想象。

我拿着那充满童稚的卡片，一张张读下去：“落叶是秋天的信笺”“落叶是冬天的请柬”“微风是我在夏日午睡时，外婆手中轻轻摇动的扇子”“弯月是被嘴馋的天狗咬了一大口的月饼”……每每读到这些精彩的句子时，我都会让写下这些句子的孩子站起来，顺便夸赞他们几句，满足一下孩子们小小的虚荣心。孩子们活跃极了，对那些写出了精彩句子的同学给予了长时间的掌声。

这堂作文课既生动又活泼，比我预想中的效果要好。在旁边听课的朋友也偷偷为我竖起拇指，对这堂作文课很满意。

读到最后，我的眼睛一亮，被一个更为新颖的比喻吸引了："弯月是妈妈的枕头。"虽然新颖，但我认为这个比喻句不大贴切，为什么单单是妈妈呢？

我这样问的时候，那个叫陈露的小女孩站起来，涨红了脸说："妈妈累的时候可以枕着它好好睡上一觉。"我说："不如改作'弯月是上帝的枕头'，因为上帝在天上，离那个枕头更近些。"我和她开着玩笑。她没表示赞同也没表示反对，依旧涨红着脸，好像是要为自己辩解，却欲言又止。我便借题发挥，让同学们来评判这两个句子，哪一个比喻得更贴切一些。同学们立时乱作一团，叽叽喳喳地开始评判，或许是孩子们慑于老师的权威，最后一致认定"上帝的枕头"更为贴切。

"那枕头是妈妈的。"这时我听到陈露同学声若蚊蝇的唯一一句辩驳，在孩子们的喧嚣里，显得有些纤弱无力。

下课后，朋友将我悄悄拉到一边，对我讲了一件事情："陈露的那个比喻句是有根据的，因为她的妈妈就在天上。她一出生，她的妈妈就去世了。"我无比惊讶："那你为什么不早点儿提醒我？"我埋怨着朋友。

"可是陈露不想让同学们知道她是一个没有妈妈的孩子。"朋友说，"上学第一天她就偷偷和我拉钩，让我为她保守秘密。现在，她还整天和同学们炫耀自己的妈妈是世界上最漂亮的妈妈呢。或许，在她的心里，妈妈从未离开过。"

我顿时懊悔不已。“弯弯的月亮是妈妈的枕头”，回头重新想想，这个比喻句是多么贴切！妈妈在天堂里，不是正好可以枕着那轮弯月吗？“那枕头是妈妈的。”我的耳边一直回荡着她为自己辩驳的话。我仿佛看见她工捧着妈妈的照片，委屈地掉着眼泪。她想给妈妈一个温暖的枕头，却被我无情地夺走了。我朝孩子那颗固执又柔软的心上泼了冷水，对她造成了怎样的伤害啊！

“明天让我再给孩子们上一节作文课吧！”这一次，变成了我对朋友的请求，“我要给孩子们好好讲讲月亮，这个枕头本就该是妈妈的。上帝，请先靠边站。”

点评

一名作家走进课堂，与学生们进行一场发挥想象力的互动。课堂效果非常好。然而一则新颖却不大贴切的比喻引起了老师与学生之间的辩论与评判。老师获胜，将枕头“判”给上帝。笔锋一转，作者借朋友之口，说出了陈露母亲“在天上”的秘密，使“我”顿悟陈露的比喻贴切而感人。最后作者又进一层，争取再上一节作文课，让亲情在母亲与上帝间选择，最后，母亲获胜。文似看山不喜平，文章的一波三折，集中在一节作文课和课后，首尾呼应，主题也得到升华。

点评者：丁丽，笔名非花非雾，中国作家协会会员，中学高级教师，从事语文教学 28 年。

1.“我”是一名作家，客串老师，给学生们上一节作文课，为什么这一节课的效果很好？

2.“我”听了“弯月是妈妈的枕头”后，做了什么样的点评？为什么同学们一致认为我的比喻更为贴切？

3.“我”在什么情况下思想发生了转变，认为陈露同学的比喻是多么贴切？“我”认为“这个枕头本就该是妈妈的。上帝，请先靠边站”，仅仅因为陈露的妈妈去世了吗？还有没有更深的意蕴？

亲情　思念

一个听上去不恰当的比喻却饱含了小女孩对妈妈的爱和思念。扫一扫二维码，获取《月亮是妈妈的枕头》原文。

青春年少的一次讨价还价

@沈岳明

林子宣成长于一个单亲家庭，母亲病故后，父亲更忙了，好不容易回来一趟，除了呼呼大睡，就是指责林子宣。为此，林子宣痛恨父亲，他觉得父亲根本就不爱他。

14 岁那年，他趁父亲熟睡，从父亲的钱包里偷走了 200 元，爬上了一辆货车，来到了一个他完全陌生的城市——武汉。

几天后，当他意识到自己仅剩 20 元，他开始想家了。夜幕降临，他扒在烤鸡店门口流口水。离家出走前，父亲曾买了一整只烤鸡给他。

“我要回家！”这念头一旦冒出来，便一发不可收拾。他跑到的士站，想乘车回家。他一辆辆地敲开车窗，可司机们对他视而不见。走到最后一辆车前，他几乎绝望了。

司机是一个满脸胡须的大汉，看起来凶神恶煞。他迟迟不敢走过去。就在他徘徊不定的当儿，大汉却主动和他打起了招呼。

得知他要回长沙，大汉不吭声了。当林子宣识趣地转身离开，他突然喊住了林子宣："喂，小伙子，你肯出多少钱？"

"15 元怎么样？"即使归心似箭，林子宣也得给自己留下 5 元买个面包当晚饭。

大汉很认真地考虑了一下，说："不行，最少得 25 元！"林子宣壮着胆子小心翼翼地还价："18 元，再多一个子儿我也不会给的！"

没想到，大汉竟然叹了一口气，他说："那就 20 元吧，要知道，我可是今天的最后一辆车了。"

夜色渐浓，林子宣以迅雷不及掩耳之势跳上他的车。

车一启动，大汉就主动跟他说话："喂，小伙子，你喜欢读书吗？"

他没好气地回答："不喜欢！"

"哈哈哈！"大汉说，"没想到我们还挺有缘，和你一样，我从小就不喜欢读书！"林子宣没觉得这有什么可笑的，更不认为这是缘分，于是保持沉默。

"喂，小伙子，你喜欢打篮球吗？"大汉肯定很无聊，他又挑起了另一个话题。可林子宣实在没心情和他聊天，于是没好气地说："不喜欢！""那你肯定喜欢钓鱼！"大汉并未察觉他的低落情绪，饶有兴致地继续发问。

"钓鱼？你怎么知道我喜欢钓鱼？"说起钓鱼，那还真是林子宣的最爱，他有很丰富的经验愿意和别人分享，虽然此时他的内心忐忑不安。"我说吧，我们还真是有缘！"大汉得意地笑了。"难道你也喜欢钓鱼？"林子宣好奇地问。"当然了，我可是远近闻名的钓鱼高手！"

这句话激起了林子宣的强烈兴趣，他睁大眼睛问道："真的吗？

你钓的鱼最大有多少斤？”

“10 斤！”他向林子宣眨了眨眼睛。林子宣惊讶得张大嘴巴。很快他们就聊得热火朝天，林子宣像遇到了多年未见的老朋友一样，甚至将他离家出走的事、他和父亲的名字都告诉了他。

下车前，林子宣递给他 20 元：“再见了，大叔！”大汉接过钱，冲林子宣做了个鬼脸：“记得有时间来我家玩，我带你去钓鱼！”

看到林子宣突然出现在家门口，父亲又惊又喜。他不顾一切地抱住林子宣，他发觉父亲的身体在颤抖。父亲声音哽咽地说：“孩子，你终于回来了！”这时林子宣才知道，为了找他，父亲已经连续几天没合眼，他的眼里布满了血丝，整个人非常憔悴。

林子宣将自己的遭遇告诉父亲，他惊讶地说：“从武汉到这里有三百多公里远，搭的士起码也要二百元！孩子，你遇上了好人啊！”

很多年后，每当林子宣驾车前往武汉，都会想起这件往事。那位大汉肯定早就看出他是离家出走的孩子，所以故意和他讨价还价，怕他不信任他不敢上车。林子宣想，当时的他肯定也有一个与林子宣同龄的孩子，看见林子宣漂泊在路上，他想起了自己的孩子。

也许，天下父亲的心都是相通的，而孩子们少不更事，只有经历过才能懂得这一切。

这篇小说是一个少年一次离家出走的经历。少不更事的主人公渴望关爱，渴望交流，渴望尊重，这是少年成长的必经过程。他是幸运的，遇上一个好人，好人不仅帮助他回家，还为他顾全“面子”，这一切都因为一个美好的主题——父爱。

点评者：丁丽，笔名非花非雾，中国作家协会会员，中学高级教师，从事语文教学 28 年。

1.14 岁的少年失去了母亲，与父亲相依为命，本应该更加体谅父亲，他却愤然离家出走。他离家出走的原因是什么？你认为他这样做对吗？如果不对，他应该怎么做？

2. 少年遇到了一名外貌凶狠的的士司机，他从心情烦闷不肯谈话，到将自己离家出走的原因以及父亲名字都告诉了的士司机，中间经过了怎样的过程？

3. 父亲的哪一句话，让“我”发现司机是一个好人？

关键词 **父爱 交流 尊重**

年少时的离家出走，让“我”看到了父亲对“我”的爱。扫一扫二维码，获取《青春年少的一次讨价还价》原文。

最后一堂语文课

@曾 颖

对于我们这些家电专业的学生，语文课颇有点儿像火锅边放的瓜子，可有可无。但黄老师并不这么看，他说："即使你今后是一个修电视机收音机的，多知道一点儿祖先传下来的文字之美，也是没有坏处的！"

这句话与其说是开导学生，倒不如说是在开导自己——作为一位老语文教师，他像一个上错了船的游客，明明是要到上海，却被拉到了湖北，那种不安与不甘可想而知。

黄老师上课，可以用一个"酷"字来形容。他通常是左手拿着一本语文书，右手揣在裤兜里，上身最常穿的，是一件蓝底却洗得灰白，看着旧却很齐整的中山装，头发发出灰白的光泽。老师年轻时，应该是帅气的，这种帅气，穿透岁月，留在他的眉眼、言词和举手投足之间。

黄老师上课，通常是不怎么看课本的。他要讲的课文早已烂熟于心，张口即吟，抬手即写，举手投足间，有一种不容阻断的气韵，即使平常最不喜欢学习的同学，在那抑扬顿挫的诵读和讲解中，也体会到了文字的美感与魅力。

然而，走得最急的总是最美的时光。当我们度过漫长的暑假升到二年级的时候，我们发现，我们喜爱的语文课，已离开了课程表。

关于语文课的取消，有多种传说。有说是因为新近要开电工基础等专业课程，有说是因为黄老师的语文课有喧宾夺主之嫌，还有阴谋论说学校教导主任原来也是教语文的，想来接手过把瘾。不管哪一种原因，都指向了我们并不情愿的结果。于是我们展开了一场有声的反抗，开学第一堂课，不知是谁发起，整个教室里哼起了国际歌的旋律，就像某电视剧里苏联战俘们在德国军官视察时的场景，不动嘴，只是让声音在喉头低沉地哼。这种声音整齐地汇聚在一起，其震撼和共鸣的感觉可想而知，无怪乎电视里那位不可一世的德国将军，感到了无比的恐惧。

我们那位无辜的不知就里的电工基础老师，神经当然没有将军那么粗，被墙一样厚重的歌声一挡，仿佛头撞在岩壁上的小鹿，负痛仓皇逃去。不一会儿，班主任、教导主任、副校长闻风而来，消防车一般匆忙而焦急。

从校领导到班主任，一个个轮番上阵，从学校的办学宗旨，到专业课程设置的紧迫性，再到黄老师的健康等，都做了苦口婆心的解释。为了增加可信度，还特意安排黄老师回学校一趟。

那天，黄老师依旧穿着那件熟悉的旧衣服，只是头发和脸上的皱纹似乎更白更深了些。九月的阳光，在他身后，把他镀成了一个披满金光的雕塑。他几乎是以背诵的样式，重述了学校希望我们的一二三四。同样的内容，被他一说，我们毫无排斥感地完全接受了。

接下来，他又说："同学们，听到你们为挽留语文课……所做的，我感到……万分……荣幸。我很荣幸，你们通过我，看到了文字之美，文化之美。但我的学养有限，只给你们开了一扇小小的窗，你们通过这扇窗，看到一点一滴的星空与苍穹，那是一个你完全想象不到的广阔世界。一辈子很长，有很多东西需要坚持！即使你是一个修收音机的师傅……"

那是黄老师最后一次在讲台上说话，也是我的最后一堂语文课。

但那又是一个新的开始，是让我把语文和写作，不再当成一门课程，而是将它当成望向世界的小窗的开始。从那天起，三十多年时间，没有一天止息。

点 评

小说为我们刻画了一位热爱语文、热爱文字的语文老师形象。黄老师把教好语文课当作信仰去追求，并希望通过自己去影响更多的学生热爱文学。可是，语文课在家电专业的学生那里难逃被取消的结局。值得欣慰的是，“我把语文和写作，不再当成一门课程，而是将它当成望向世界的小窗的开始”。小说揭示了在职业学校或者某些大学，语文课、语文老师逐渐被边缘化乃至排斥的尴尬现状。

点评者：叶敬芹，毕业于江苏师范大学文艺学专业，就职于宿迁市沭阳县梦溪中学，高级教师。多篇文学作品荣获全国性奖项。

思考题

1. 结合文本，分析黄老师的形象特征。

2. 分析“一辈子很长，有很多东西需要坚持！即使你是一个修收音机的师傅……”这句句子的含意。

3. 说说你对本文主旨的理解。

关键词

坚持

一个热爱自己本职工作的普通老师，让孩子们感受到了语文的魅力。扫一扫二维码，获取《最后一堂语文课》原文。

广场上弹吉他的弟弟

@ 包利民

太阳刚刚爬过对面楼房的顶上，弟弟便开始忙活起来，穿上那件浅灰色的长风衣，背着那把破吉他出门，去家附近的一个不大不小的广场上班了。

弟弟所谓的工作，在我看来，和他周围那些面前摆着破碗或者竖着写满悲惨经历的人一样，是希望得到别人的施舍。但只有他称那是工作，而且他是很认真地说那是他的工作。

他第一次去的时候，我笑着对他说："你周围的那些人，不会让你抢他们的生意的！"他神秘地笑笑，说："我自有办法！"只是那天中午回来，弟弟的长风衣上布满了脚印，他连饭也没吃，回到自己的房间，一会儿便传出了呻吟声。到了午后，他居然起来了，而且把风衣上的灰掸得很干净，背上琴又要出去。我叫住他："换身行头吧，你穿成这样去，不挨打才怪！”他留给我一个倔强的背影，走起路来，腿有点微瘸，看来被教训得不轻。

晚上弟弟回来后神采飞扬，衣服也干干净净，看来他下午不但没有挨打，生意好像也不错。我打开他的琴盒，却是一个硬币也没倒出来。于是嘲笑说："你连一毛钱都没挣到，还乐得像捡了金条一样！”他故作高深地一耸肩："太俗，张口闭口都是钱！我这高雅的艺术岂是金钱能衡量的？"

我曾在一个网站上看到过弟弟的长篇玄幻小说，他同时开了两本书，都已经签约上架，也已经出版了第一本的第一部。我常批评他："白天的时间用来在家写书多好，你知道那些读者对你的作品有多么期待？你对得起他们吗？"他回应我的依然是背着琴盒有些酷酷的背影。

快冬天了，弟弟还是那身装束。我曾对他说："你得多买几件风衣了，总穿一件，观众们会有视觉疲劳！”他却说："没多长时间了，冬天我就不去了，太冷，旁边的那些人冬天也很少出来！”呵呵，他居然跟那些乞丐对比上了，在我看来，他似乎忘了第一天他们联手揍他的事了。他还一本正经地说："那些人并不像你想象的那样都是骗钱的！”

天气逐渐冷起来了，从我们小区通往广场的柏油路被银杏树叶染成一片金黄。像我这种爬格子的人平时是很少出门的，这天却突发奇想，想去看看弟弟是怎样工作的。正是下班的时间，广场上人来人往，弟弟被那些下班的人里三层外三层地包裹着，吉他声、歌声硬是从人群中传了出来。呵呵，这小子，一首看似普普通通的流行歌曲，倒是被他整出了“绕梁三日”的感觉。我好不容易挤了进去，看见弟弟面前的琴盒里已悠闲地躺着不少的零钱和整钞，这些钞票和它们新的主人一样，流露出一脸的得意。

我从人群中退出来，躲在一边。凝视着落日那诱人的余晖，我点上了一支烟。渐渐地，围拢的人群散去了，弟弟艰难地站起来，把琴盒里的钱散发给周围的乞丐们。呵呵，原来整个秋天，他都是替那些曾经打过他的人讨过冬的钱啊！我想起弟弟在他的小说中说："网上说今年冬天会更冷，这回你们冬天不用出来了！"

为了不让弟弟看到我，我先跑回家，站在一楼的窗口，看着弟弟慢悠悠地走回来，凉凉的风吹动他长长风衣的下摆，他脸上依然是满足的神情。一进门，他立刻换了一副神情，急急地甩了风衣，脱下裤子，把左腿的义肢摘下来，疼得龇牙咧嘴，腿根的断处，已经磨得不堪入目。我忙为他抹药，再把他抱回房间。

那个夜里，我在弟弟更新的小说中，看到他借主人公的口说出的几句话："原以为最幸福的事，是和心爱的人相伴偕老，现在才发现，最幸福的事其实是给别人以帮助；原以为最痛苦的事，是恋人陌路，可是经历了才知道，在那份帮助别人而得到的幸福面前，这种痛苦微不足道。"弟弟在说着他自己的心声啊。

点 评 由于篇幅限制，微型小说常常需要借助跌宕起伏的情节取胜。本文层层设悬，扣人心弦，引人入胜，文章末尾，运用微型小说常用的写作技巧——突转，包袱一抖，给读者带来了强烈的阅读快感，从而完成了人物形象的塑造。小说中的“我”，是作者镶嵌在文章中的一只眼睛，一个视角，一个线索性的人物，其结构全篇的功能近似于《祝福》中的“我”，《孔乙己》中的店小二。作者这种巧妙的构思小说的能力，值得初学写小说的人借鉴。

点评者：叶敬芹，毕业于江苏师范大学文艺学专业，就职于宿迁市沭阳县梦溪中学，高级教师。多篇文学作品荣获全国性奖项。

思考题

1. 结合文本分析文中弟弟的形象特点。
2. 谈谈小说中的“我”在文中的作用。
3. 你认可文中弟弟对幸福的定义吗？说说你对幸福的理解。

关键词 工作　幸福

善良、以德报怨的弟弟，让人敬佩。扫一扫二维码，获取《广场上弹吉他的弟弟》原文。

心愿

@王月娥

上午十点，门前的小路上突然响起了小汽车的喇叭声。这是欢欢这么多年来听到的最美妙的声音。准确地说，是继上个月以来再次听到。

门前的晒场上铺晒着黄豆荚，满满的，毫无踏脚的空隙。欢欢正看着发呆，一抬眼，看见那辆熟悉的白色小汽车车门打开了，一位熟悉的“眼镜”伯伯从车上走下来，手中提着几个大大小小的礼盒，微笑着向她走过来，亲切地唤着她：“欢欢——”

熟悉的场面如同梦幻般，却又是如此真实地再次出现在欢欢眼前。

欢欢忘不了一个月前的一天上午。一场大雨后，晒场和门前小路上湿漉漉的。也是这辆白色小汽车，也是这位“眼镜”伯伯从车上走下来，手中提着大大小小的礼盒，也是这样微笑着走过来。姐姐乐乐欢快地奔过去。

前些日子，上初中的乐乐在学校里报名参加了县论坛爱心志愿者组织的“微心愿”活动，希望能拥有一双漂亮的运动鞋。伯伯是为实现姐姐乐乐的心愿而来的。

姐姐欢快地拥着伯伯，欢快地走进屋，坐在床边，开心地穿上伯伯带来的漂亮运动鞋。伯伯就坐在姐姐乐乐身边，满眼慈爱地望着她。

美丽心愿实现了，姐姐成了最幸福的孩子。

欢欢羡慕地望着姐姐脚上的新鞋，多么希望自己也能拥有一双漂亮的新鞋。可伯伯到来之前，并不知道乐乐还有一个妹妹。伯伯怜爱地望着紧跟在奶奶身后的欢欢，望着她脚上趿拉着的那双大拖鞋（那是奶奶的旧拖鞋），心疼极了。

伯伯说：“下次来，伯伯一定也给你买一双和姐姐一样漂亮的运动鞋！”

欢欢听了，高兴得直点头，一双扑闪扑闪的大眼睛里满是期待。不久之后，她也会拥有真正属于自己的新鞋了。欢欢和姐姐的童年很不幸。妈妈患有精神病，在欢欢几岁的时候，妈妈不幸去世。奶奶又有重病，听说是“桃花癫”，每年三月桃花开时，病情最严重。家中的一切，靠外出打工的爸爸的微薄收入勉强支撑着。家里，没有一件像样的家具，更谈不上电器了。因为家里太贫困，在衣服和鞋方面，只能是姐姐穿了，欢欢接着委屈地再穿……

“欢欢——”隔着晒场，伯伯又一次唤着欢欢的名字。

欢欢欢快地应着，跑下台阶，踏着晒场上的黄豆荚，欢快地奔向伯伯。脚下，黄豆荚被欢欢踩得咯吱作响，一颗颗金黄的豆子从干枯焦脆的豆荚里炸出来，欢快地迸射开去。那欢快的声音如同此刻欢欢欢快的心情。

欢欢如那天姐姐乐乐一样，拥着伯伯，踏着晒场上的黄豆荚，走进屋。如那天姐姐一样坐在床边穿新鞋。

伯伯就坐在欢欢身边，满眼慈爱。

也许是年纪太小了，也许是太兴奋了，欢欢握着新鞋往脚上套，竟几次都未套好。

欢欢已是好几年没有穿上新鞋了。此刻，她小小身体里的每一个细胞都充满着快乐。

伯伯从欢欢手中接过鞋去，右手握住鞋，左手握住欢欢的脚，小心地将鞋套在欢欢脚上，小心地将欢欢的脚伸进去，又小心地帮欢欢扯起鞋后跟，系上鞋带……

欢欢的心里暖暖的。她觉得伯伯握住欢欢的脚的大手温暖极了，像极了爸爸的手、奶奶的手。

欢欢和姐姐一样，成了最幸福的孩子。

这次，伯伯除了给欢欢买了两双漂亮运动鞋，也给姐姐买了一双。姐姐和欢欢都有两双新鞋可以交替着穿，再也不用担心洗鞋后没得穿了。除了鞋，伯伯还另外给姐妹俩买了文具用品和一大盒姐妹俩从来没尝过的品牌月饼。昨天是中秋节，在外打工的爸爸舍不得一百多元路费，没回家。姐妹俩只吃了奶奶从村头小卖部买的一元一个的芝麻月饼，又过了一个寻常中秋节。而今天，为了给姐妹俩补过中秋节，伯伯亲自去商场为姐妹俩挑选了一盒广州月饼。

临走，伯伯抚摸着欢欢的额头，歉意地说：“伯伯本该早些来的。因为太忙，来迟了些……”

欢欢望着可亲可敬的伯伯，心里有太多的欢喜、太多的幸福，更有太多的不舍。听奶奶说过，伯伯是全县的大父母官，每天都很忙。可年幼的欢欢不知道县城在哪个方向，不知道大父母官的工作是做什么。但她牢牢记住了：有这样一位“眼镜”伯伯，为着姐姐的心愿，为着她的心愿，在百忙之中，已经两次来过……

点 评

孩子穿上“一双漂亮的新鞋”本是一件易事，可对于生活在贫苦地区的留守儿童，却成为乐乐“美丽的心愿”。作为人民公仆的“眼镜伯伯”，用关爱为留守儿童营造了一个温馨的家园，让她们在远离父母的日子里也能快乐成长，让她们不再孤单、无助。小说采用第三人称，以“欢欢”的口吻讲述故事，直接、客观地展现了农村留守儿童的生活，不受时间和空间的限制，灵活自由地反映了生活。

小说以感人的笔触，描写了社会对留守儿童的关注与关心，表达了希望他们用阳光般灿烂的笑脸面对生活，面对学习，快乐健康地成长的主题。

点评者：宋辉，河北省骨干教师，秦皇岛市第八中学语文教师。

1. 小说开头说“这是欢欢这么多年来听到的最美妙的声音”，为什么欢欢认为“这是最美妙的声音”？

2. 请结合全文，简要分析小说为什么以“眼镜伯伯”作为人物名字？

3. “伯伯本该早些来的。因为太忙，来迟了些……”，请结合文意，想一想此处省略的内容是什么？

爱心　留守儿童

虽然是留守儿童，但也有人帮他们实现自己的心愿。扫一扫二维码，获取《心愿》原文。

父亲的名片

@梅 寒

接到大学入学通知书的那个夏天，父亲还在病榻上。那个夏天，父亲肾里那些大大小小的石头越积越多，几次差点要了他的命。每一次疼起来，人都仿佛在鬼门关上走一遭。他却不舍得用抽屉里那辛辛苦苦积攒起来的一堆零碎钱去做碎石手术。他说，那是给孩子准备的学费，谁都不能动。就那样子，在我入学的前一天，才七拼八凑了不到一千块钱，离学校要求的数目还差着天文数字。执意放弃那次机会是我最终的选择，父亲却不愿意了，忙着把那些零零碎碎的钱往他贴身内衣上缝："没事，孩子，爸爸送你去，我去跟你们领导说，让他们宽限咱些日子，等地里收成了，爸就把钱给你寄去。"

就那样，父亲陪着我，生平第一次踏上通往山外的路。父亲的背上，是那个让母亲特制的行李袋——几个化肥袋子拼合成的行李袋。里面装着我所有的行李衣物。

我永远无法忘记的一个镜头，站在那个花团锦簇的校园里，我和父亲，像忽然闯入那个世界的异类，被种种复杂难言的目光纠缠不休。我昂着头，独自一人勇敢地走向新生报到处。这么多年来，我已习惯了那样的眼光。父亲就在离我不远的身后，我让他静静地在那里等。

在我们宽敞明亮的寝室里，八个来自天南海北的女孩子，连同八个女孩的家长，把一整个屋子塞满喜气。八个女孩中，我是唯一一个来自偏远农村的，我的父亲，是唯一一个不知道名片为何物的父亲。当她们的父亲互相客气而骄傲地亮出自己的名片，亮出自己总经理董事长的高贵身份时，父亲能回报给他们的，只有不知所措讪讪的笑。那时候，我正爬在自己的铺位上忙着整理床铺，可我扭头看到了父亲红透了的脸。轻轻地跳下床，走到父亲身边，我一只手拉住父亲的手，另一只手彬彬有礼地接过了对方递给父亲的名片："呵呵，这是我爸爸，他没有名片，如果要算的话，我就是吧。他的身份，就是父亲，永远不变。"这个答案，应该是那几位父亲始料未及的。他们愣了一下，既而哈哈大笑了："你爸爸有你这么一张名片，真是天底下最幸福的爸爸了。"那一回，我的父亲，也笑得开心。

多年以后，多少如烟如梦的红尘往事，都被我一一丢在了角落里。唯独这些，关于父亲，关于爱，关于尊严的一些片段，我忘不了。因为在这些看似不起眼的小事上，我让自己明白了，一位父亲，不管他从事什么样的职业，不管他口袋里有多少钱，他生命中最妥帖最受用的名片，只有一张，那就是：父亲。这张名片，却是要用子女的爱与尊重来制作的。

文章在表现父爱的基础上，不落窠臼，转变视角，升华主题。用“名片”来诠释“我”对父亲的爱，为父亲赢得尊严，也让自己获得尊重。一个不知道名片为何物的父亲，成了天底下最幸福的爸爸，这无疑是女儿最深情的回报。文章构思新颖，立意深刻，既有情，令人泪眼潸然，又有理，让人回味思考。

点评者：张晓云，安徽省合肥市巢湖市第七中学语文教师。爱生活，爱语文，多篇文章发表于报刊。

思考题

1. 结合小说内容，简要分析“我”的性格特点。
2. “我永远无法忘记的一个镜头，站在那个花团锦簇的校园里，我和父亲，像忽然闯入那个世界的异类，被种种复杂难言的目光纠缠不休”，分析句中“纠缠不休”一词的表达效果。
3. 结合生活实际，谈谈你对文章最后一段话的理解。

亲情　尊严　爱

没有什么比父亲的爱更值得尊重和珍惜。扫一扫二维码，获取《父亲的名片》原文。

半场电影

@刘怀远

三十多年前，二黑给石榴红村只放了半场电影。

那天，二黑接到去石榴红村放映的通知，下起了瓢泼大雨，直到下班前雨才停下来。领导问他还能去不？二黑看着院里的积水，一边点头说没问题。

嘴上答应着，二黑心里在盘算，二十几里路呢。二黑饭都没吃就上了路，天黑前，终于到了石榴红，二黑成了泥猴子。那时从区里到石榴红的路还是砂石路，大雨过后，路上不是水，就是泥，泥巴糊满车轱辘，自行车不但不能骑，遇到大沟大坎，还要上肩膀，好在二黑年轻，有的是力气。

二黑顾不上喘口气，在村民们的帮助下挂起幕布，接好电源，安装好放映机。忙完这一切，天也黑透了。胶片机嗒嗒地转起来，二黑才用衣袖擦了把脸，四下望望，石榴红本村五百多人，看电影的怕是超了一千人。听说要演新电影《小花》，周边村子的人早都赶来了。

一个人弓着腰凑到跟前，贴他耳朵上小声说，晚上甭回去了，住下来，二黑一看，是表哥小向。精疲力竭的二黑朝表哥露一下牙，好。表哥脸上也露出笑容。有个放映员的表弟，表哥在村里就能像大队书记一样挺着走路，因为他总能在第一时间把哪天会来放映，会放什么电影的消息提前传达给乡亲们。

《小花》一曲“妹妹找哥泪花流”还没唱完，电影戛然停止，一片漆黑。停电了。乡村里停电是家常便饭，说停就停。

等等吧，先别散。大队书记凑过来，笑着递给二黑根烟。二黑那时还不抽烟的。

半个小时过去了，电没来，人没散，但开始骂街，骂管电的龟孙偏在这个节骨眼儿停电。一个小时过去了，依然没有来电。外村的人们开始散去，一边走一边回头，希望瞬间奇迹出现，满目灯火。二黑看看手表，快 11 点了，本村的乡亲们都还在坚守。黑暗里，一片噼噼啪啪的拍蚊子声。有孩子喊妈，说又咬出了包，好痒。妈说，再等等，来了电就不痒了。二黑过意不去了，说，都散了吧，今天我不走，明天一早咱都到大队部，遮黑窗户一批一批地看。

第二天快到中午了，电也没来。二黑不得不和乡亲们道别，这是他最后一次放映了，几天前他接到了高考录取通知，他要去忙上大学的事情了。

半场电影让二黑一直耿耿于怀，乡亲们黑夜里渴望的眼神让他不得安宁。退了休的二黑，一定要偿还这笔心底的债。二黑首先在电话里跟石榴红的表哥说了这件事。表哥说，别来了，现在村里业余文化可丰富了，不再像以前那么稀罕电影。二黑郑重地说，欠债要还，夜里总梦见你们围着我和放映机嚷嚷，睡不好。表哥良久才说，你要来就来吧，只要能治你的病。

二黑找到区电影队，说明情况，要自掏腰包请电影队去石榴红放映。领导说，算我们支农吧。二黑说，那就连放两部，我一定付钱!

来到石榴红，早已认不出眼前的景色。新修的街道整齐平坦，改建的民居徽韵古香，健身广场上矗立着一座飞檐斗拱的大戏台。他的表哥老向满头白发，指着戏台说，咱这儿是小康文明村，隔三岔五有明星来演出，本市的，全国的，连俄罗斯的美女也来演过舞蹈呢。

老向到村委会，让村干部在喇叭里广播了。可是没有几个人坐到二黑的银幕前。二黑对表哥说，你一定要多请乡亲来，我带了两部片子来，利滚利地来偿还。

老向挠挠头，说喇叭的声音可能让广场舞的音乐遮住了，我再去催催。

这回终于有效果了，从跳广场舞那边跟随老向来了五六十个妇女。二黑很激动，等她们围拢来，二黑拿起麦克风做简短发言，再次说自己是来还债的，曾经欠下石榴红半场电影。

电影播放中，不时有人悄悄离去。老向凑过来说，人们明天都要早起，勤劳致富嘛，你还是只放一部吧。二黑想了想，看看渐稀的人群，就点了头。老向说，放完了，你还是住在家里，让放映员自己开车回吧。二黑说，好。

电影放完了，人们静悄悄地散去，没有了记忆中散场后的沸腾和不舍。

“人虽然少点，但总体是圆满的。”二黑和表哥说完，躺倒在床，工夫不大就响起了甜美的鼾声。

老向走回自己的卧室，老伴问，你够神通广大的，怎么就说动了那么多人去看电影呢？老向叹口气，哪有人肯来？今天在那里跳广场舞的大多是在附近餐馆和生态种植棚里打工的外地人，我骗他们说放电影的是上面派来的，有任务要完成，我许诺他们谁去看，每人给50元的辛苦费。

那二黑会给？

嘘！别让表弟听见。咱现在富裕了，花几个钱，帮他了却一桩几十年的心愿，不也是做件好事？

点 评 小说故事很有趣，围绕主人公二黑三十多年前未放映完的半场电影的心愿来写。时间跨度很大，从青年二黑到老年二黑，为了未放映完的半场电影，二黑耿耿于怀，从此成为心债、心病。为了祛除心病，二黑在表哥老向帮助下终于完成了夙愿，足见二黑的心地是善良的、美好的。然而，时过境迁，人们的生活已经发生了天翻地覆的变化，人们的需求也早已发生了改变，二黑不变的情怀虽有些迂腐却也不乏真诚可爱。

点评者：郭军平，全国十佳教师作家，中高考热点作家，渭南师范学院继续教育学院“国培计划”授课专家。

思考题

1. 小说为何以“半场电影”为题，谈谈你的认识。
2. 小说中老向怎样一个人？
3. 小说在情节设计中有哪些独到之处？

关键词 心债

任何一个时代都会因经济的发展带来不同层面的变化，我们要接纳时代的发展带来的变化。扫一扫二维码，获取《半场电影》原文。

吴虱婆

@崔 信

那时候，人们还是集体劳动，靠赚工分为生。队上有个叫吴虱婆的人，对挣工分尤其痴迷，但凡有出工的机会，都不放过。

这天，队上的两条船又被人偷了去，说是偷船，其实是有人撬开锁链，偷了船到湖洲去挖蓼米，或到对岸邻队的地里去偷红薯。队长没有办法，只好宣布："谁愿意守船，队上出三个工一月。"吴虱婆听了，就去找队长说："我家离得近，就让我来守吧！"

队长一看是吴虱婆，当下就表态说："好，不过，咱丑话儿讲在先，如果发现船被偷一次，就不给当月工分，发现两次，还要扣你一个工。当然了，如果你抓到一个偷船的，就奖你一个工，抓到两个奖两个工，先试搞三个月，咋样？"就这样，吴虱婆把这活揽了下来。

守船的第一个月结束时，队长亲自来验收，他看到在铁链锁芯抹的黄油原封没动，便认定船没被偷过，就要记工员给吴虱婆 36 分工。吴虱婆欣喜不已，守船也更勤了。

但第二个月的一天，吴虱婆上半夜查了一次船，有点犯困，结果一觉睡到了第二天早上，醒来发现船被偷了，因为链子的锁法不一样了，吴虱婆被扣了工分，也无话可说，但他暗下决心：下个月我得睡惊醒些，如果抓到几个偷船的，不就挽回来了吗？

这天晚上，吴虱婆刚睡到舱板上，就被蚊子咬了，他只好揭开一个前舱，斜躺在里面，再把舱板盖上。很快他就发现，自己歪打正着，这样躺着能发现别人，却不易被人发现。于是，他干脆将锁在树上的锁链解开，等着人来偷船。

大约睡到凌晨三四点，吴虱婆在迷糊之中察觉船在摇晃，而且听到了水响。他睁开眼睛，顶开舱板一看，船已到了湖心，一个人正荡着双桨往对面山上划去。吴虱婆大喜，大叫一声："你是谁？"很快，他趁着水光月色看清了那人。

偷船的是队上的杨驼子，杨驼子的爹是个跛子，娘是个血吸虫病大肚子，三个妹妹都在上学。他天生驼背，不能到队上出工，就偷师篾匠为人补簟子、制斗笠。

杨驼子见舱里冒出一个人，吓掉了魂，把桨一丢就要往水里投。吴虱婆一把抓住他说："莫怕莫怕！你为啥要偷船？"杨驼子都哭了："大哥，你行行好吧。我家里粥都吃不起了，就想去对面山上偷点水竹子，回来制几个篮子换点米……"说罢，他就要向吴虱婆下跪。吴虱婆心里一动，一把扶起杨驼子说："唉，那你去偷几根就赶紧回来吧！我在这儿等你。"

杨驼子感激涕零，可刚上山砍了几根竹子，就被邻队一个守橘子的发现了，那人一边喊抓贼，一边向杨驼子追来。吴虱婆见杨驼子迟早要被抓了，情急之下，他突然朝杨驼子相反的方向跑去，一边叫道："在这里！"他这么一叫喊，把邻队几个守橘子的都引过去了。

最后，两人都被抓了，被邻队关了三天，又每人罚了十块钱。后来还是队长来了，把人和船都赎了回去。

回到队上以后，队长让杨驼子先回去了，然后铁青着脸对吴虱婆说："第三个月守船的工分也没有了，你没意见吧？"吴虱婆低着头说："没意见。"

队长说："船被扣了三天，罚你三个工，没意见吧？"吴虱婆说："没意见。"

队长说："你守完这个月的船就不守了，没意见吧？"吴虱婆说："没意见。"

点评

平凡中孕育伟大，伟大出自平凡。小说中吴虱婆虽是一个普通人，但他为人善良，勤劳能干，同情弱者，在别人遇到危难时，能扶危济困，伸手相救，充满侠肝义胆。在叙事中，作者善于设置悬念，读起来情节扣人心弦，引人入胜。结尾处理也相当耐人寻味，几个"没意见"却把一个乐于助人，扶危济困，勇于承担责任的山民形象展现在读者眼前，令人感慨万分。

点评者：郭军平，全国十佳教师作家，中高考热点作家，渭南师范学院继续教育学院"国培计划"授课专家。

1. 分析小说中吴虱婆的形象。
2. 小说中哪些地方设置了悬念？
3. 请说说本文哪一处情节让你印象深刻，为什么？

偷窃　惩罚

人因平凡而伟大。扫一扫二维码，获取《吴虱婆》原文。

一个都不许死

@吴 天

1944 年 7 月，远征军强渡怒江，收复了滇西的大片失地，开始了著名的松山大反攻。日军困兽犹斗，凭借居高临下的地势和坚固的明岗暗堡，发誓拼个鱼死网破。

7 月 27 日凌晨，坚守待命的 116 师 36 团 2 营 1 连接到紧急命令，要求尽快抓紧时间吃饭，饭后迅速奔赴火线，投入最后的生死决战。随着命令送来的，还有一批慰劳食品：猪肉、粉条、蘑菇、竹笋、高粱面……这个连队是随着大部队从东北一路后撤到大西南来的，官兵清一色都是东北人，这些食品让人一下想起万里之外的家乡。

炊事班立刻忙开了。第一甑高粱窝窝头刚刚出笼，一个小个子兵不怕被蒸汽烫伤，抢先抓起一个，捧在鼻尖下闻个不停……

突然，小个子兵的肩上被重重地拍了一下，他吓了一大跳，回头一看，原来是连长，正瞪眼瞧着他。

连长姓刘，嘴巴特别大，一顿能吃一只烧鸡，外加十几个馒头，弟兄们都叫他刘大嘴。刘大嘴正要开口嚷什么，伙夫头老崔赶紧站出来说情：“连长，他还是个孩子……”小个子兵是部队从东北溃退时收留的，当时还是个满脸稚气的学生，饿得奄奄一息，是老崔救活了他。

可刘大嘴还是扯开嗓门嚷了起来：“吃、吃，看你这猴急样，平时可没少给你吃！”

一个大个子兵却不理会连长的话，抓起一个窝窝头，对大伙儿说：“弟兄们，马上就要去送命了，生死决战，有去无回，好几年没闻到高粱面的香味了，咱先吃饱了再说，死了也不当饿死鬼！”

士兵们一听，这话说得在理，都纷纷伸出手去。

“放回去！”刘大嘴一声怒吼，众人惊得连连后退。

刘大嘴大喝一声：“全体——集合！”

大伙儿都为小个子兵捏着一把汗，明摆着，刘大嘴要处置他。可这算什么事儿啊？大伙儿想不明白了。

不料集合完毕后，刘大嘴并没有动手，却出人意外地问道：“弟兄们，你们谁想死？”

没人回答，刘大嘴只好自问自答：“我知道，你们谁也不想死！我也不想死！我老刘家，一家十几口人，全让日本人给杀了，就剩下我一个，我要是死了，我老刘家不就断子绝孙了吗！”

临战之前怎么说这种话？这不是动摇军心嘛！大伙儿摸不着头脑。

却又见刘大嘴掏出一张预先开好的菜单，大嘴一张，扯亮嗓门，念了起来。菜单上除了高粱窝窝头外，全是地地道道的东北菜：凉拌拉皮、蘑菇炒肉、小葱拌豆腐、猪肉炖粉条……士兵们肚子并不饿，但个个竖直耳朵，听得口水直流——都是地道的家乡菜啊！

念完之后，刘大嘴把老崔叫了上来，将菜单交给他，郑重其事地叮嘱道："拿出手艺，照单做菜，少一样，我饶不了你！"

老崔领命而去。刘大嘴扫了一眼黑压压的人头，狡黠地一笑，声如洪钟："弟兄们，你们都给我记着，一个都不许死，一定要活着回来，回来喝庆功酒！现在，点名！"

点完名，刘大嘴高举着花名册，脸上露出了悲壮的神色，一字一顿地说："除了炊事班，全连141个弟兄，都给我听清楚了——你们家里还有老爹老娘、老婆孩子，谁要是死了，就是不孝之子！我就是跑到阎王殿，也要把你抓回来！"

接着，刘大嘴大手一挥，迸出了两个字："出发！"

连队一走，炊事班立刻忙开了，老崔拿出最精湛的手艺，照单做菜。没过多久，一顿丰盛的美餐做好了，他们等啊等，从中午一直等到傍晚，前线终于传来捷报：松山全线攻克，日军全部被歼灭！老崔激动得大喊一声："还等什么？走啊！"就带领伙夫们挑着饭菜，送往前线。

夕阳下的松山弥漫在浓浓的硝烟之中，血流成河，尸堆成山……炊事班一行人挑的挑、抬的抬，一路高喊着弟兄们的名字，可是转了好几个山头，也没碰见一个弟兄。突然，一个伙夫失声惊叫道："老崔，快来看，弟兄们都在这儿哪！"老崔急忙走过去，脚步一顿，身子像掉进冰窟一样发抖，泪水簌簌流了下来：只见弟兄们东倒西歪，横一个竖一个，个个血肉模糊；和弟兄们躺在一起的，是成倍的日军死尸，僵死的脸上还凝固着恐惧的表情。可以想见，这儿曾经经历过一场多么残酷的肉搏战！再仔细一数，全连141名官兵，全部壮烈牺牲……

炊事班的伙夫们，一个个哭成了泪人。老崔一抹泪水，叫道："不能让弟兄们当饿死鬼，就是喂，也得喂饱了送弟兄们上路！"说着，他带头扶起一个士兵，替他擦干净嘴边的血迹，小心翼翼地一勺一勺往他嘴里喂食物。炊事班的那些兵，全照着老崔的样子，扶起一个个牺牲的士兵，一边往他们嘴里喂，一边高声报出菜名。硝烟弥漫之中，带着哭腔的嗓门瑟瑟抖颤，此起彼伏，唱响了一道道菜名："凉拌拉皮！小葱拌豆腐！猪肉炖粉条！……"

那些炊事兵们抹着泪水，看着眼前一幕幕感天动地的悲壮场景：那个小个了兵，嘴巴紧紧咬仕鬼子的腮帮，炊事兵费了九牛二虎之力，才把他的嘴扳开；大个子兵被一刀砍断了脖子；更惨的是刘大嘴，他被一枚手榴弹炸得血肉模糊……

老崔捶打着地，声泪俱下："连长啊，你说话不算数，不算数！你说过，一个都不许死，少一个，跑到阎王殿也要抓回来！你怎么自己先跑到阎王殿去了？"

这一顿富有东北口味的美餐，除了喂给弟兄们之外，其余的全部泼洒在阵地上……

第二天，下葬的时候，141名官兵面朝北方，人人手里都紧紧握着一个高粱窝窝头，握得铁紧铁紧……

点 评

141 个饿着肚子的战士，在连长刘大嘴“一个都不许死”的命令下，义无反顾地冲上了前线，与日军展开了一场残酷的生死决战。当炊事班挑着“一个都不能少”的饭菜来到前线时，面对的却是“一个都没有活”的惨状……当读到老崔报着菜名，一个个地喂战士“吃饭”的情节时，相信每一个读者，都会无语哽咽、潸然泪下。

点评者：方斯文，湖北省孝感市孝南区实验二小语文教师，孝感市作家协会会员。

思考题

1. 下葬时，每一个战士手中都紧紧握着一个高粱窝窝头，这样写的用意是什么？
2. 结合文本，分析一下连长刘大嘴的人物形象。
3. 以“一个都不许死”作为文章题目，对突出主题有什么作用？

关键词 **战争 英雄**

活在生者的心里，就是不死。扫一扫二维码，获取《一个都不许死》原文。

谎言

@相裕亭

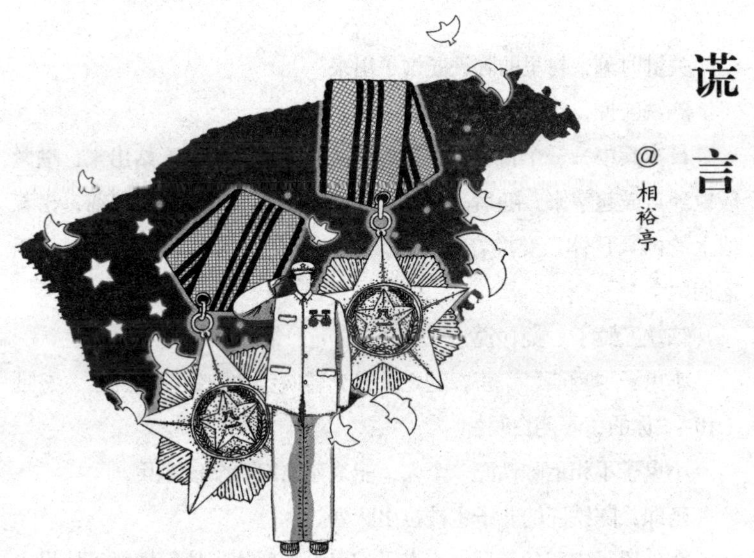

盐河北岸，有一小村，依河而居。几十户人家，却散落在一条两里多长的古河套里。远看，乌蒙蒙一片，恰如零零散散的旧船被遗弃到河岸边。走到跟前，透过河堤上茂密的竹柳，才可辨出一家一户错落有致的小院及房屋间的石巷黛瓦。

此村，名曰犯庄。

乍一听，此处是出土匪、罪犯的地方。其实不然。

日伪时期，那里曾上演过一场貌似影视剧里才有的故事。有两个偷偷摸进村里的小鬼子，被村里的男人打死，扔到村外的芦苇荡里。驻扎在盐河口的小鬼子追查下来，把全村的成年男子集中到盐河边的小码头上，架起机枪，限定时间，逼他们交出“凶犯”。否则，将统统杀死。

关键时刻，村里的陈铁匠站了出来。

陈铁匠说，小鬼子是他杀死的。

日本兵中，一个留着八字胡的小队长，看到陈铁匠站出来，嘲讽般地独自鼓起掌来。随后，那家伙满脸狐疑地走到陈铁匠跟前，指着地上的两具尸体，变换着指间的数字，问他："你的，一个人，杀死他们两个？"

陈铁匠脖子一挺，说："是。"

小鬼子"哟西"一声，随之，目光转向旁边陈铁匠的儿子，怒吼一声："你的，不明白吗？"

小鬼子不相信陈铁匠一个人，能杀死他们两个日本兵。

当即，陈铁匠的儿子也被拉出队列。

在处置了铁匠父子后，小鬼子们仍不肯罢休。他们把村里的男人押上河边巡逻舰，说是要带他们到"据点"内继续盘查。其实，是强征他们到山东招远金矿做劳役。

不久，他们当中有人写信回来。

小村里，许多妇人听说那户人家有信来，都纷纷跑去看。信中提到几户人家的男人，在半道上逃跑，或是在开采金矿时不守纪律，被日本人给杀了。

那几户死去男人的人家，先是有妇人滚在床上或地上哭，随之，就有人帮着焚烧火纸。另有妇人们帮着收拾庭院，支起灵棚，支起锅灶，办一桌酒菜，来祭奠那家死去的男人。

此时，陈铁匠家的女人，一定会在这些妇人当中，因为，当初她家男人与儿子被日本人杀死后，村里的妇人们，就是这样帮她的。

但是，此番铁匠家的女人，在帮衬那户家人料理后事时，如坐针毡！她从那户人家的哭声里，隐隐约约地感觉到人家的冤屈与愤懑。

“死鬼呀，你死得好冤！你跟着人家白白送死呀。”

盐河边的女人，哭亡夫时，都是那样称其“死鬼”。

人家哭她家的死鬼死得冤，白白地跟着去送死！这说明什么？说明她家男人是不该那样死的。究其原因，自然就落到铁匠父子的头上了。

整个村庄的男人被日本人掠去做劳役，都与她家的男人打死鬼子有关。所以，铁匠家的女人在那户人家做事时，半天不说一句话。

村子里的女人，表面上看不出她们是怎样恨铁匠家的男人和女人，但是，那些女人的心里，或多或少地还是会怨恨铁匠父子招惹祸端，给大家带来麻烦，以至于，性格刻薄的女人，在街面上与铁匠家的女人走个对面，都不搭理她。

这样一来，村子里再传来哪家男人死去的噩耗，她干脆缩在家里，不想去做帮手了。再后来，她悄无声息地带着孩子，隐居娘家。

新中国成立后，陈铁匠的后人想为他们因打死鬼子而惨遭日寇杀害的先祖树碑立传。他们找到盐区地方政府。

编写盐区地方志的同志告诉他们，当年死在芦苇荡里的那两个“鬼子”，是被日本人打死的两个穿着日本军服的盐工，并不是真的日本兵。他们之所以要自编自导那样一场惨剧，是为了向金矿输送劳工。

这就是说，铁匠父子打死鬼子之说，是子虚乌有的事。

不过，地方政府还是追认陈铁匠父子为革命烈士。为了一众村民，不惜牺牲自己的人，不是烈士，又是什么呢？

点 评

一个是日本鬼子处心积虑的卑劣阴谋，一个是陈铁匠大义凛然的英雄壮举，还有一群盐河女人狭隘冷漠的自私举动，三者之间的矛盾和碰撞，演绎出一个跌宕起伏的“谎言”故事，塑造了一个可歌可泣的英雄形象。小说一波三折、层层铺垫，引出出乎意料的结尾，从而带给读者强烈的心灵震撼。

点评者：方斯文，湖北省孝感市孝南区实验二小语文教师，孝感市作家协会会员。

思考题

1. 小说开头一段的风景描写，在文章中起什么作用？
2. 盐河女人的哭骂是可有可无的情节吗？为什么？
3. 分析题目“谎言”的含义，以及对突出主题的作用。

关键词 **谎言　英雄**

两个谎言，体现了陈铁匠为救乡亲而勇于牺牲的精神，也揭露了侵略者的阴险、卑劣的手段。扫一扫二维码，获取《谎言》原文。

扎西的菜园子

@ 邢庆杰

扎西的菜园子，是来自山东的援藏干部老马帮扶着弄起来的。

扎西本来对种菜不感兴趣，他已经习惯了祖祖辈辈传下来的放牧生涯。可当他看到老马什么都亲自动手，从翻地、施牛粪、扎棚、育苗，都盯在菜地里干，就不好意思推辞了。扎西一不好意思，干起活来的时候就特别卖力气。

一转眼就要过中秋节了，老马休假回山东。临走，他对扎西详细地交代了管理菜园子的方法。回到家后的第二天中午，饭后，老马正斜歪在沙发上看电视，手机响了。他接起来，就听到扎西急促的声音："马顾问！马顾问！你快回来吧。出大事了！"

老马的脑袋"嗡"一下就大了！他定了定神，说："扎西，别着急，慢慢说，哪里出事了？""是、是菜园子，菜、菜出事了！"扎西由于激动，有些语无伦次，“毒药，全是毒药，您快来吧！吓死人了！我也不知道是什么毒药，全是红的，您还是快点来吧！我们一家都不敢在菜园边住了。”

老马一听，这个问题严重了，现在，他们这个援藏点上的技术人员都回家过节了，只有自己跑一趟了。

老马坐飞机赶到日喀则，又坐车来到扎西所在的牧区时，已经是第二天的下午了。

来到菜园子门口，扎西不敢再往里走了，他指着里边，战战兢兢地对老马说：“那里，就是那里，全红了，像血一样红。”

老马只看了一眼，就有种想哭的感觉。那一片红，是刚刚成熟的西红柿。

想到自己大过节的赶了几千公里路奔到这里，只是因为西红柿成熟了，他就有些生气。但他转念一想，这也不能怪扎西，西藏这个地方，因为自然条件恶劣，以前除了萝卜土豆，根本就没有别的蔬菜，扎西从来没有见过成熟的西红柿，这是很正常的。

恐怕，大多数生活在偏远牧区的藏族同胞，都没有见过像西红柿、黄瓜、茄子等内地司空见惯的蔬菜……想到这里，他感觉到鼻子酸酸的，心里沉甸甸的，觉得肩上的担子更重了。

老马摘下一个大大的西红柿，用衣角擦了擦，狠狠地咬了一大口，然后又摘下一个递给扎西，说：“你尝尝。”

扎西看了老马一眼，他相信老马不会骗他的，就学老马的样子，狠狠地咬了一大口！顿时，扎西瞪圆了眼睛，说：“好甜！这是糖菜呀！”

扎西的菜园子丰收了，扎西一家吃不了，就到处送人。

老马知道后，给他打电话说："扎西！帮你种菜，不是让你送人的，你要去卖，以后，这就是你的一项家庭收入。"

扎西惊讶地说："卖？怎么卖？卖东西多丢人！"

老马知道，传统的藏民，现在还保留着以物易物的习俗，他们还不习惯用人民币来交易。老马就耐心地对扎西说："扎西，这些东西都是你花力气种出来的，还有大棚、种子等成本，别人拿去吃，给你报酬是应该的，就像你拿牦牛皮去换青稞一样。"

在老马的说服引导下，扎西终于答应去卖菜了。老马帮着扎西把已经成熟的西红柿、茄子、黄瓜摘下来，放在几只篓子里，然后绑在了两头牦牛的背上。

扎西要出发了，老马问："你不带秤吗？"扎西一愣，问："秤？秤是什么东西？"老马笑道："秤是称分量的，没有秤，你怎么按斤收钱？"扎西摇摇头说："这个你不用管，我们藏民，良心就是秤。"

扎西骑着马，赶着两头牦牛走了。离这里二十多里的地方，有一个小小的集市。

老马望着他宽厚的背影，心想：这些菜，按斤论价，怎么也得卖个百八十块的，不知道这个憨家伙能不能卖到钱。

老马钻进了菜园子门口的帐篷里，他要等扎西回来。一觉醒来，老马看了看表，已经是下午六点半了。老马走下山，远远的，就看到扎西赶着两头牦牛回来了。

看到老马，扎西忽然兴奋起来，他不管那两头牦牛了，打马快跑着赶到老马面前，身姿矫健地跃下马背，有些激动地说："马顾问，钱，我卖到钱了。"说着，他从怀里掏出了一把纸币，炫耀般地用双手捧到老马面前。

老马一看，这些钱有五十元的、二十元的、十元的、五元的……大约得三百多块。老马迟疑地问："这都是今天卖的钱？这么多？"扎西拍拍胸脯说："是的，都是今天卖的！"老马禁不住好奇，小心翼翼地问："扎西，你没有秤，怎么收钱呀？"

扎西说："菜就放在地上，谁喜欢哪样菜就拿走，拿多少都行，钱也是随便给，给多少随心……"老马心里一动，茫然地看着扎西问："这就是你说的，藏民的良心秤？"扎西重重地点了点头！

老马的眼睛湿润了。

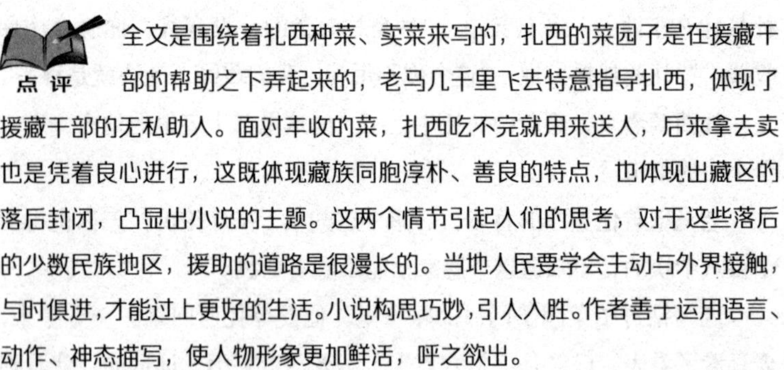

点评

全文是围绕着扎西种菜、卖菜来写的，扎西的菜园子是在援藏干部的帮助之下弄起来的，老马几千里飞去特意指导扎西，体现了援藏干部的无私助人。面对丰收的菜，扎西吃不完就用来送人，后来拿去卖也是凭着良心进行，这既体现藏族同胞淳朴、善良的特点，也体现出藏区的落后封闭，凸显出小说的主题。这两个情节引起人们的思考，对于这些落后的少数民族地区，援助的道路是很漫长的。当地人民要学会主动与外界接触，与时俱进，才能过上更好的生活。小说构思巧妙，引人入胜。作者善于运用语言、动作、神态描写，使人物形象更加鲜活，呼之欲出。

点评者：张建中，河南省汝阳县直属初级中学教师，中学语文高级教师，从教 30 余载，教学经验丰富。被评为市骨干教师、语文学科带头人。

思考题

1. 小说围绕小小的“菜园子”，共写了哪几件事？
2. 小说结尾只有一句话“老马的眼睛湿润了”，请分析这样结尾的妙处。
3. 读了这篇文章，请你谈谈对援藏扶贫工作的认识。

关键词 **落后封闭　淳朴善良**

淳朴的藏区人们与无私的援藏干部共同酝酿出一幅美丽画卷。扫一扫二维码，获取《扎西的菜园子》原文。

军号声声

@ 高 军

“军号一响，那士气就鼓起来了，战士们就往前猛冲。在冲锋号的鼓动下，不久就冲上了阵地，消灭了敌人，我军胜利了。”我刚到村口，就被这位满面红光的老人充满激情的话语吸引了过去，他有八十多岁的样子，站立都不稳，可话语声还很洪亮。周围那几个和他年纪相仿的老人，都很麻木的样子，任他自言自语，谁也没有接这个话茬。

我们全家搬走这么多年后，我突然生出回来看看的念头，没想到在村口遇到的第一个人竟然是他，他对那把铜号还是那么有感情。

小时候，我对这把铜号是很羡慕的。不能亲手摸一摸、仔细看一看，总感到很遗憾。

他的这把铜号，其实是有破损的，喇叭口处残缺一块，从这个地方向里还有一道裂缝。他每天都悉心呵护着，用一块纱布仔细擦拭，特别是到破损处时，会格外轻。

擦完后，他就把铜号横过来，在眼前轻轻转动着，转完一圈，看擦得行了，就抬起头来，郑重地用右手握起来，举到眼前，右眼对铜号嘴儿认真看去，然后挪到左眼前，右眼眯起来，用左眼看一会儿，然后才慢慢放到自己嘴唇前。我们认为他就要吹响这把铜号了，可他总是让铜号和嘴唇似接触又不接触的，最终也没有吹响。

我们都很失望，几乎异口同声地发出失望的长叹："唉——"

这时，他才会转过头来，看我们一眼："怎么，想看看？"

我们凑上前去。他把铜号在我们眼前晃了晃，然后陷入沉思，轻轻地说："我的战友正吹着冲锋号，敌人的炮弹就打过来。"停一停，喉结滚动了几下，又接着说，"他就牺牲了，铜号也炸成了这个样子。"他轻轻地抚摸着，眼中有些光亮闪动着。他神情怔怔的。"战友牺牲后，这把号就再也没有吹响过，但其实它是整天响着的。"说到这里，他会把铜号的喇叭口放在耳朵边，认真倾听。不一会儿，左脚就开始一点一点的，好似铜号真的响了，他是在配合着那节奏似的。过了半天，他把那已经破损的喇叭口伸向我们："你们听，声音真响亮。"

我第一个凑上前去，歪着头，让自己的耳孔尽量对准铜号，仔细地听着。除了风偶尔滑入号管发出一丝嗡嗡声外，其余什么也听不到。

他生气地把手一挥："去去去，不中用的小毛孩子！"

我发现，周围几个老人对他的说法也都不认同，甚至说他脑子在战场上被震伤了，留下了毛病。

想不到，二十多年过去了，他对铜号依旧这么痴情。我看到破损之处的断茬显得更黑了，有些地方析出细密的小米粒大小的绿色斑点，裂缝的颜色也显得更深了，其余的地方一如既往地锃亮放光。看来这些年他一直没有停止过认真地擦拭维护。

他见我这么认真地看着，浑浊的眼中似有火苗跳动了一下。“我知道，只要对着耳朵听，就能听到军号声声，连续不断，很响亮的。”我庄重的神情，引起了周围几位老人的注意。

他也神情一振，脸上有了笑意，小心翼翼地把手伸过来，让铜号的喇叭口对着我，我赶紧歪歪头，凑过耳朵，认真地听着。另外几个老人围上前来，惊奇地问道：“真听到了？”

我庄重地告诉他们：“是的，听到了。”

那几个老人木然地看着我。

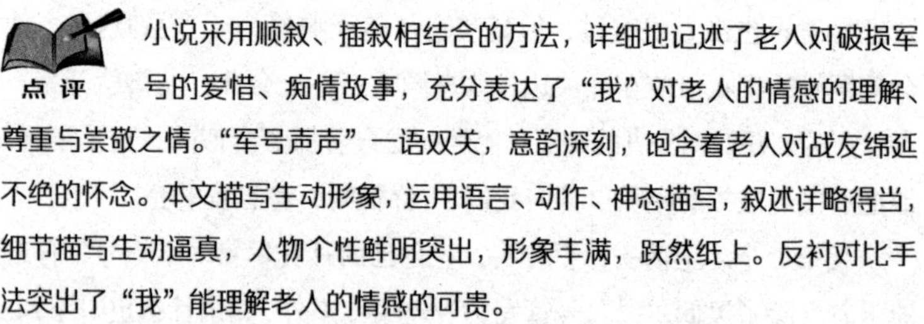

点评 小说采用顺叙、插叙相结合的方法，详细地记述了老人对破损军号的爱惜、痴情故事，充分表达了“我”对老人的情感的理解、尊重与崇敬之情。“军号声声”一语双关，意韵深刻，饱含着老人对战友绵延不绝的怀念。本文描写生动形象，运用语言、动作、神态描写，叙述详略得当，细节描写生动逼真，人物个性鲜明突出，形象丰满，跃然纸上。反衬对比手法突出了“我”能理解老人的情感的可贵。

点评者：张建中，河南省汝阳县直属初级中学教师，中学语文高级教师，从教 30 余载，教学经验丰富。被评为市骨干教师、语文学科带头人。

思考题

1. 联系全文思考，标题“军号声声”有什么含义？

2. 文中多次写到破损的军号，有什么作用？

3. 文章通过“我”的所见所闻，写了老人与军号的故事，为什么还要写周围几个老人的表现？

关键词 **精神　怀念**

“军号声声”既体现了死去的战友精神永存，又表达了老人对战友绵延不绝的怀念。扫一扫二维码，获取《军号声声》原文。

奶奶的燕子

@大　海

爷爷下葬那天，老家金盆村发生一件怪事。八个彪形大汉抬着漆黑棺木，踩着震天锣鼓声乐，杀气腾腾地穿过长满禾穗的田野时，被成百上千只燕子围追。不受震扰的燕子护送爷爷至下葬的仙人井山半腰，才悲鸣离散。老泪纵横的奶奶喃喃自语：亲亲的燕子啊，一路飞好咧……

奶奶成长的岁月里，离不开爷爷和燕子。爷爷出生在金盆村。奶奶出生的地方与金盆村隔着座大山，叫仙人井山。奶奶六岁时，家乡闹饥荒，奶奶的父亲拖着家人翻过仙人井山，走过一片田野，行至金盆村，骨瘦如柴的奶奶饿得几近昏迷。

爷爷的父亲刚好带着八岁的爷爷下田干活。奶奶的父亲哭求爷爷的父亲收留奶奶。爷爷的父亲问爷爷：喜欢这个小妹不？爷爷指着飞翔的燕子说："她比燕子还轻。"背起奶奶往家走。

从此，奶奶成为金盆村唯一的童养媳。

奶奶年幼时，裹脚之风尚存。

爷爷的母亲命令小媳妇也裹脚。奶奶心里怕痛，嘴上不敢言说。

爷爷护着奶奶，说大脚女人我喜欢。爷爷的母亲威胁：大脚女人可是要下田干活的。

爷爷说："下田就下田呗。"拉着奶奶去到田里，却不让奶奶干重活，只叫她数天上的燕子。

那时的稻田没有化肥污染，奶奶就在稻田里抓青蛙，准备做给爷爷吃。

爷爷阻止奶奶："天上飞的燕子、地上跳的青蛙是农民的好朋友，它们抓害虫，我们吃它们，不是害自己吗？"

被爷爷放掉的青蛙咕噜咕噜逃走了。奶奶眨巴着眼睛，觉得爷爷特别伟大。

在爷爷的呵护照顾下，比燕子还瘦弱的奶奶长成丰腴的大姑娘。

爷爷也学会了木匠手艺。农民的世界，农活是主业，手艺是副业。每年秋收后，爷爷挑着沉甸甸的木匠担子，与依依不舍的燕子们一道离开家乡，游走外乡做艺挣钱。又与来年春暖花开，又与迁徙归来的燕子们一起踏进家门。每年的燕子去来，成了奶奶的不舍与期盼。

一看见燕子飞翔的身影，奶奶必定飞奔去村口守望爷爷。

恩恩爱爱的爷爷奶奶如同天地般和谐，生了两男两女：伯父、大姑、二姑、我父亲。

在奶奶辅助下，辛勤的爷爷建起三进砖瓦房。左右两进住人，中间一进做厅堂。不久，一对燕子入屋盘旋。爷爷说，猪来穷狗来富燕子来有福，记得早开门晚关门啊。燕子在厅堂中墙衔泥筑巢，生蛋孵卵，增添四个小生命。奶奶看见小燕子伸长黄嘴喳喳抢食，想起自己的四个孩子，心疼又幸福。

秋天来临，燕窝空巢，爷爷也要去外乡做手艺。奶奶伤感地问："燕子明年还回来吗？"

爷爷反问："我明年还回来吗？"

奶奶抱着爷爷哭："你一定要回来！"

爷爷扑哧笑："有亲亲的燕子在屋里等，我能不回来吗？"

悲哀的是，来年春，爷爷却在乘船抵达家乡时落水身亡。爷爷没有兑现回家的诺言。

奶奶的世界只剩下燕子，觉得居住厅堂的燕子就是爷爷化身。奶奶在厅堂摆了张床，想爷爷厉害时就在厅堂睡觉。燕子入窝一般不叫。

等到夜深人静，奶奶仰望燕窝将满腹心事细细诉说。

寒来暑往，斗转星移，厅堂的燕子换了一窝又一窝。奶奶努力撑持家里家外，也将四个孩子拉扯成人。

伯父去参了军，转业到省外。大姑、二姑嫁去县城。父亲大学毕业，安家在省城。

孤独住在老家的奶奶，对秋去春回的燕子又多了精神寄托：四个子女也是心头的燕子。奶奶盼啊盼，可惜子女各有家庭，忙工作，忙生计，成了飞翔在天上、不知何时返的燕子。孙子孙女陆续长大后，四个子女开始无法每年返乡，就动员奶奶去城里住。那时节，老家金盆村有了开发迹象。那年秋，奶奶来到省城我家。

在高楼大厦里生活到来年开春，奶奶突然失魂落魄，说老家厅堂没人开门，燕子回来怎么办。奶奶不顾父母劝阻，执意要回老家，我只好相送。

奶奶回到老家，马上打开厅堂迎接燕子，可惜村里难觅燕子踪影。奶奶心有疑虑地走向田野，稻田已经流转备种经济作物，拖拉机正在滚滚作业。边上的土地听说也已规划，挖土机正在铲平土地。仙人井山脚也在轰轰烈烈，那里不知何时开了采石场。

奶奶觉得换了世界，颤巍巍地对我说，孙子啊，你们带我看过的观音山森林公园多好，你去告诉村干部，别把这里弄得乌七八糟，乡亲们想要山清水秀咧。本来我也留恋老家金盆村前依良田、背靠青山，清幽秀丽的自然景象多好，可惜我已成为城里人。

失望的奶奶步履蹒跚地回到家里，终于见到一对燕子在屋前盘旋。老眼昏花的奶奶向天招手：亲亲的燕子啊……飞回来咧。

这当口，一辆装满碎石的卡车从屋前呼啸而过，尘土卷扬后，燕子无影踪。

老态龙钟的奶奶进去厅堂，仰头看着毫无声息的燕窝，老泪纵横。

点评

小说采用倒叙的手法，以燕子为线索贯穿全文。从爷爷和奶奶两个人的相遇写起，既写出了那个年代奶奶命运的坎坷，又写出了爷爷和奶奶之间淳朴、坚贞的爱情。小说中对于爷爷背起奶奶回家，不让奶奶裹脚和干重活，告诉奶奶燕子和青蛙是农民的朋友等描写，朴实又动人，尤其爷爷外出前和奶奶的对话，语言细腻感人。表达了奶奶对爷爷深沉的爱与怀念，以及人和自然生物的和谐共处。小说的语言叙述平实又富有深情，糅合了散文的抒情特点，很好地凸显了奶奶这个人物形象。

点评者：党文锦，一级教师，河南省汝南县教师笔会理事，江苏省泗阳县作家协会会员。

思考题

1. 奶奶和燕子之间的故事有哪些？请结合文意来概括作答。
2. 开头第一段写奶奶的老泪纵横和最后一段的老泪纵横是否意思相同，请简要作答。
3. 本文的语言有什么特点？试举例分析。

关键词 **农民　人与自然**

“燕子”不仅是家园的重要组成部分，也是奶奶的精神寄托。扫一扫二维码，获取《奶奶的燕子》原文。

人影

@许锋

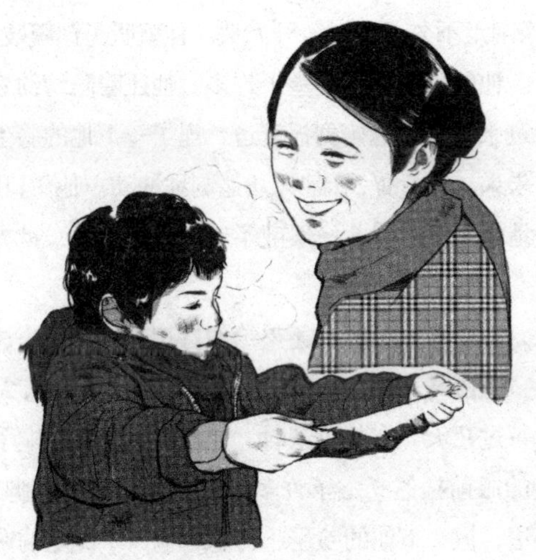

他的祖上是农民。他出生在农家的院子里。

他每天被母亲安置在一个摇篮里。母亲把摇篮悬空挂好，就去做工了。摇篮是温暖的，还能摇摆，像一叶小舟。那时，他父亲在部队当兵，一年能回来两次。平时他和母亲相依为命。

摇篮很小，刚好容下他。房子也很小，一个土炕，一排柜子，一床被子。到了冬天，满屋子都是麦秆烧灼之后的烟气，不大，不至于让人窒息，但非常强烈。那是乡村的气息。

他每天从早上开始，一直到中午时分，都在那个小舟似的摇篮里摇着。他全部的行为都在摇篮里完成，拉、尿、饿、哭，样样不落。他人小，是弱者。弱者力气都不大，又被绑着，再怎么挣扎都无济于事。饥饿与潮湿或者热烘烘的臭气使他难以忍受。他声嘶力竭地哭。他的哭声该是令人揪心的，但有什么办法呢？他母亲要挣工分养活他。

有一天，母亲刚走不久，他饿了，开始哭。他就听见门嘎吱地响了，有一束光进来了。他的眼前猛然亮堂了许多。他还隐隐约约看见一个人影蹑手蹑脚地进来，轻轻地俯到摇篮边，捏了一下他的脸蛋，并塞给他一个油炸的果果。那清香，让他无法遏制地冲动。他一口咬住了。这时人影又飞快地逃遁了，魂儿一般散了。门被关上了，世界变得无声无息。

他母亲回来，疲劳至极，但她还得给他打扫卫生。她一边清理他满头满脸的秽物，一边哭。他却不哭了，母亲回来了，他有人疼了。

日复一日。每过几天，在他饥饿时，他就听见门嘎吱响了，有一束光进来了，他的眼前猛然亮堂了许多。那个人影蹑手蹑脚地进来，轻轻地俯到摇篮边，捏一下他的脸蛋，再塞给他一个能吃的东西。有奶便是娘，他不知道那是谁，在他想看清楚那是谁时，人影又飞快地逃遁了，魂儿一般散了。门被关上了，世界变得无声无息。

他挺感动的。虽然他还不知道感动是什么意思。

他长到三岁时，腿脚有了力，开始到处跑。他动不动就跑到爷爷奶奶房子里去。他们在这个院子里的另一扇门里住，不远，二十来米。那是一个挺敞亮的院子，院里有一棵树。到了秋季，树上挂着灯泡似的芭蕉，他就不安分地爬树摘果子吃。但他母亲回来时，就要撕心裂肺地喊：“你给我回来！”他顽皮，不回去。小脚奶奶站在院里，手叉着腰，喝道：“滚回去，再过来打断你的腿。”

他瞅着奶奶，望着母亲，胆怯了，怕了，回去了。母亲用劳动过的大手，一把提起他，同时脱下布鞋，用鞋底子打他稚嫩的屁股。他哇哇大哭。

爷爷奶奶的门，“哐当”一声关上了。

他父亲总是要回家的。父亲回家，和他母亲住几天，又和爷爷奶奶住几天。在这边住时，听这边的话。在那边住时，听那边的话。听了那边的话，回到这边，就要给他母亲几个巴掌。做完这一切，父亲就要回部队了。父亲每次走前，心情都不好，很郁闷。

后来爷爷死了，奶奶也死了，他父亲老了，他母亲也老了。他们很和睦。

但他的心头一直闪耀着一个人影，那个人影温暖了他一生。谁呢？

点 评

小说标题“人影”是贯穿始终的线索。这个“人影”一直藏在暗处，引起读者探索的兴趣。小说作者的高明之处是跳出了常规，在结尾也没有明确告诉读者答案，引起读者思考，给读者无尽的想象。读者在寻找答案的过程中，不仅收获了阅读的乐趣，对文章的主旨也有了深入的了解，获得了更多的人生感悟。

点评者：叶敬芹，毕业于江苏师范大学文艺学专业，就职于宿迁市沭阳县梦溪中学，高级教师，多篇文学作品荣获全国性奖项。

思考题

1. 你觉得文中的“人影”是谁的影子？并说明理由。
2. 小说以第一人称书写，文中的“我”在构思上有什么作用？
3. 结合社会现实，探讨这篇小说的主旨。

关键词 **感动　温暖**

长辈对晚辈无私、温暖、不求回报的爱让人动容。

扫一扫二维码，获取《人影》原文。

断腿母狼

@邓林

外公是生产队的护林员，他和外婆住在黄巢坪山上的小木屋。木屋的四周有竹篱笆围着，种着玉米、番薯、青菜、萝卜，养着十几只鸡鸭。

那天，外公外出巡山，走到白佛崖底时，听到了动物凄惨的叫声。过去一看，原来是一只被野猪夹夹住了后腿的狼。狼满嘴是血，一条后腿已经断了一截，脚爪子连着皮，和另一条腿一起，夹在野猪夹里。狼为了自救，活生生地咬断了自己的一条后腿爪子，正打算咬另外一条腿爪子。

外公向来对狼没有好感，砍下了一棵小树做木棍，打算结果狼的性命。狼没有龇牙咧嘴，目露凶光，只是轻轻地哼哼着，眼里竟然流出了泪水。外公才发现，这是一只怀崽的母狼，从它那滚圆的肚子可以看出。

外公对母狼有了怜悯之心，丢下木棍，试探着靠近母狼，狼也不挣扎——它太疲乏了，怀崽加上失血过多，已完全没有反抗能力——

当外公弯下腰，用力掰开野猪夹，取出母狼那条受伤的腿时，母狼已经昏死过去。外婆看到外公把狼带回家很生气，一定要外公把狼打死。那刚刚苏醒过来的母狼，眼泪又吧嗒吧嗒地落下来。外婆心软了，同意让母狼留下来。

外公在鸡棚旁给母狼做了个窝，端来一盆玉米糊。母狼凑过来闻了闻，舔了舔，而后大口大口地吃了起来。外婆说："狼是吃肉的动物，光吃玉米糊，营养不够，腿上的伤好不了，它肚子里的崽子也保不住。"外婆敲了两个鸡蛋在食盆里。母狼闻到了腥味，贪婪地把嘴巴伸进食盆里。

第二天一大早，外公走到狼窝一看，大吃一惊：母狼的身边多了四只毛茸茸的小狼崽。外公外婆很高兴，听说野狼驯服了就是威猛无比的狼狗。从小好好调养，说不定明年就有了四条出色的狼狗，到那时，就不用再担心黄鼠狼来叼走小鸡小鸭了。以后每天，外公外婆都把鸡蛋留给母狼吃。母狼的奶水很充足，四只小狼崽养得胖胖的。

一个多月过去了，母狼的腿伤好了许多，但那条被它自己咬断了一截的脚爪，长不出来了；那条骨折了的腿，一时半会儿也好不了。小狼崽一天天地长大，它们跟外婆养的鸡鸭混熟了，经常在一起玩耍，互相之间没有一点惧怕。

那天夜里，外公外婆迷迷糊糊中听见了鸡的尖叫声，没在意。天亮了，外婆发现下蛋最多、最大的芦花鸡，竟被咬断了脖颈——死了。外婆认定是小狼崽干的，随手抄起一把扫帚，追着小狼崽就是一阵痛打，破口大骂："你们这些畜生，忘恩负义的东西，没有芦花鸡下的蛋，你们能有今天？"

之后一连三天，鸡窝平安无事。外公外婆渐渐地把这件事忘了，依然每日两餐给母狼喂食。这天早上，外婆发现又少了两只母鸡。很快在篱笆边上找到了两只母鸡的尸体，它们也被咬断了脖子。外婆气极了，拿过一根竹竿，见着狼崽就打。小狼崽被追得四处逃命，撞开篱笆，逃进了树林。看着外婆追打小狼崽，母狼在窝里唔唔地叫着，流着泪。

当天晚上，四只小狼崽没有回窝。第二天，外婆打开鸡棚，竟然又有三只母鸡和一只麻鸭被活生生地咬断了头颈——四只小狼崽为报复外婆，竟然各自咬死一只！外婆火从心头起，对着母狼就是一顿痛打："养不教，母之过，你这不知好歹的畜生！你这忘恩负义的东西！"母狼也不躲闪，只是哀号着，流着泪。

天亮了，外公外婆听到轻轻的敲门声。外公打开门一看：门槛上坐着那条断了后腿的母狼，母狼的身后，齐刷刷地躺着四只小狼崽的尸体，小狼崽的嘴都被咬得稀烂，惨不忍睹。母狼看到外公开了门，拖着受伤的双腿，缓缓地爬到门外的大石头上，然后转过头，对着外公外婆，嗥嗥地大吼两声，滚下了悬崖。

外公外婆都活了大半辈子，从来没有听说过野兽会自杀的。显然，那四只小狼崽都是被母狼咬死的。外公外婆看到这个情景惊呆了，他们不再为死去的鸡鸭伤心，反而为母狼杀死狼崽，滚崖自尽，感到过意不去。外公来到悬崖底找回母狼的尸体，在屋后的树林里，把它和四只小狼崽埋在一起。

当天夜里，鸡棚里又传来了鸡的尖叫声。外公外婆赶到鸡棚，在雪亮的手电光下，两只黄鼠狼正在咬着鸡的脖子……外公外婆明白了：原来咬死鸡鸭的凶手，不是小狼崽，而是黄鼠狼！外公外婆眼里噙满了泪水……

点 评

本文是一篇感人至深的小说，它通过外公在巡山途中发现一只被野猪夹夹住后腿的母狼，求生本能的勇敢感动了外公，继而把母狼带回家喂养。在外公外婆的精心养护下，母狼顺利产下了四只狼崽，并一天天茁壮成长。后来家里的鸡鸭相继被咬死，外婆笃定就是四只狼崽干的，对四只狼崽的厌恶和憎恨越来越深。每一次看到外婆恶骂毒打狼崽的忘恩负义时，母狼只有在一旁伤心地流泪，此刻人与狼之间的矛盾，亲情与恩情之间的抉择，跌宕起伏，字里行间表现得淋漓尽致。最后文章以“外公外婆眼里噙满了泪水……”结尾，升华了主题，耐人寻味。

点评者：黄国庆，中学高级教师，广西壮族自治区南宁市优秀教师，市教学骨干。多年担任初三毕业班语文教学，有丰富的语文中考备考经验。

思考题

1. 结合文章内容简要分析外公、外婆或者母狼的形象。
2. 文章多次写到母狼流眼泪，试找出三处说说其作用。
3. 狼崽被外公外婆误解咬死鸡鸭，最后母狼做出什么举动？你对母狼这一举动有什么看法？

关键词

善良　尊严　勇敢

扫一扫二维码，获取《断腿母狼》原文，看有情有义的母狼如何捍卫尊严。

梨花箱

@ 李德霞

奶奶上山挖野菜，回来时滚了坡，两条腿就不能动了。

父亲把奶奶背到金先生家，金先生看过后说："人上了岁数不经摔，回家慢慢调养吧。调养得好，兴许能送个屎尿。"

奶奶的腿，被金先生判了死刑。

父亲又把奶奶背回家。奶奶原来住西屋，父亲的腿还没迈上台阶，背上的奶奶就喊："雷劈的，西屋照不了多少日头，你想让我早点死啊！我住北屋！"

父亲看看母亲，母亲说："就依娘。"

北屋是倒炕，离窗户远。奶奶说："给我弄张床，我睡窗口那边。"父亲和母亲"吭哧吭哧"从下房挪来那张老式木头床，摆在窗口前，铺好被褥，扶奶奶躺下去。奶奶很满足，很惬意的样子。奶奶似乎把支使父亲做这做那当成了乐趣，刚躺一会儿，奶奶又说："去，把我西屋那边的梨花箱搬过来。"

梨花箱是奶奶的陪嫁品，梨木做的，上面画着一朵朵梨花，煞是好看。梨花箱里没啥值钱的东西，全是奶奶打了补丁、磨成毛边的旧衣裳。破归破，旧归旧，可一件件洗得干净，叠得齐整。父亲搬来梨花箱，放到奶奶够得着的地方。奶奶闭上眼安静地睡了。

吃饭了，父亲端来玉米糁子糊糊。奶奶爱吃煮烂了的土豆块，父亲就多捞几块沉在碗底。奶奶一看父亲手里的稀饭，脸一板，叫："雷劈的，你要饿死我吗？我不喝稀的，吃稠的……我吃玉米饽饽！"

父亲不敢还嘴，赔着笑端走稀饭。回到西屋，父亲一脸疑惑地对母亲说："咱娘以前不是这个样子，咋就不讲理了？"

母亲边做玉米饽饽边说："昨天咱娘还活蹦乱跳的，一下子不能动了，换你，心里能好受？她不拿捏你拿捏谁？"

母亲做好了玉米饽饽，父亲趁热给奶奶端过去。父亲搁下碗，扶奶奶起来，拉条板凳坐在奶奶床边。父亲想和奶奶好好说会儿话。

奶奶并不领情，瞪一眼父亲，凶巴巴地嚷："我吃饭，你看着，你让我怎么往下咽？几年的私塾白念啦？"

父亲灰了脸，急急地走开。从此，父亲再给奶奶送玉米饽饽，搁下碗就走，他怕惹奶奶不高兴。

转眼，几天过去，父亲发现了新问题，回来对母亲说："咱娘一顿两个玉米饽饽，一天吃两顿，咋越吃越没精神头了？"

母亲说："你快去请金先生来，可别憋出别的病来。"

金先生来了，进去得快，出来得也快。金先生看看父亲，又看看母亲，眼神怪怪的。金先生说："老人是不能干活了，可不能亏了老人的肚子啊。”

父亲一把掀开锅盖，锅里是照见人影的玉米稀饭。父亲涨红了脸说：“我娘不喝稀的，吃稠的，我们匀出玉米面给她做饽饽，一天两顿饭，一顿两个饽饽，够壮劳力的伙食了，咋就亏了肚子？”

“那就好，那就好。算我没说。”金先生讪笑着，走出门去。

父亲瞅着金先生远去的背影，啐口唾沫说：“呸，医术不行，毛病不少。”母亲说：“要不，你后天跟队长请个假，送咱娘去镇里看看，千万别耽搁了。”

第七天一早，父亲借来毛驴车，拴在大门口。母亲刚好蒸出了玉米饽饽，父亲端着热气腾腾的饽饽走进北屋，进门就说：“娘，吃饭了，吃完饭我们带你去镇里瞧瞧。”

没人应。

父亲往里一看，手一抖，碗“啪”地碎在地上，两个玉米饽饽滚到当地……

奶奶死了……

村里人都说，奶奶活着刚强，死也刚强，硬是没拖累父亲母亲几天。

出丧回来，父亲和母亲收拾北屋。挪开奶奶睡过的那张木头床，父亲一眼看见藏在床头下的梨花箱。父亲很懊悔，懊悔没把梨花箱随奶奶葬进坟里。

梨花箱打开，父亲和母亲惊呆了，里面没一件奶奶的旧衣裳，全是掰开晒干的玉米饽饽！

母亲含泪把饽饽拼了又拼，数了又数，一个不多，一个不少，正好二十四个。母亲低声啜泣：“咱娘……她是饿死的呀！”

父亲抱着梨花箱，泪雨滂沱，长跪不起……

点评　文章一开头，就渲染了一种沉重的氛围：生活的贫困让奶奶上山挖野菜而摔伤，让原本贫困的家庭雪上加霜。小说虽然故事简单，但情节曲折、紧张，富有戏剧化，让人物形象更加丰满。为了不连累儿女，奶奶上山挖野菜吃，摔伤脚后怕给家人添麻烦，偷偷地把玉米饽饽藏在梨花箱里，没有遗憾地饿死在家里，让人感叹不已。奶奶善良、慈爱的形象感人泪下。父亲抱着梨花箱，泪雨滂沱，长跪不起，体现了父亲对奶奶深沉的爱和内疚，以及对现实生活贫困的无奈，这个典型的环境描写也展示了社会下层百姓的生活状态和心理状态。

点评者：柳孟兰，湖南省浏阳市第一中学艺术学校教师。

思考题

1. 小说的结尾，写了“父亲抱着梨花箱，泪雨滂沱，长跪不起”，这样安排有什么作用？
2. 找出小说中设置的悬念，并分析这些悬念在情节发展中的作用。
3. 试分析奶奶的人物形象。

关键词　**勤劳　刚强　善良**

藏在梨花箱的粮食，是奶奶对子女深沉的爱。扫一扫二维码，获取《梨花箱》原文。

钢的琴

@申平

我们扶贫工作组进驻红土沟的第二天，作为组长的我，就发现村里在精准扶贫方面存在重大纰漏。村里一户最困难的人家，竟然长期没有被列入扶贫对象。

这户人家的男人叫吴更里，是个长相敦厚的青年农民。我们到他家走访，发现他一点也不像其他贫困户那样要么哭穷装可怜，要么牢骚满腹怨气冲天。他不卑不亢，神情淡定，对人热情实在。当我们得知他上有老母，下有病妻，还有一双上学的儿女都要靠他种地打短工养活，而村里却从来没有救助过他时，我立即对他充满同情，拍胸脯表示一定要帮助他解决困难。

但是他却连连摆手说："算了算了，我们有吃有穿，有手有脚，不想给政府找麻烦！"

这使我对他更加同情，甚至有点喜欢，暗下决心一定要帮他解决问题。

第二天，我就主持召开了村委会和扶贫工作组联席会议。会上，我首先组织大家学习了上级的有关文件，接着重点讲了扶贫工作要全覆盖、一户都不能少的道理，最后我话锋一转，把吴更里的问题当作炸弹抛了出来。在我的想象里，村干部们肯定会被炸晕的。但是完全出乎我的意料之外，他们听完，竟然不约而同嘿嘿地笑了起来。村支书徐友谊说："哎哟，看来老问题又摆上台面了。"

徐友谊等人的态度令我十分不满，我厉声说："怎么，难道因为是老问题就不解决了吗？请问老问题是怎么形成的？是不是不作为造成的？"

见我生气，徐友谊赶紧说："李组长，我们不是那个意思。你是只知其一，不知其二呀。你不知道，吴更里家里，可是有一架价值几十万的钢琴啊！"

"什么？钢琴！"他的话倒把我搞蒙了。

"是啊，他家的确困难，村里其实每次都想往上报他。可是一报吧，群众就拼死反对，到处告状，说家里有那么贵重的钢琴，还算什么贫困户！"

哦，原来如此。可我们去的时候，怎么没有注意他家有钢琴呢？

散会以后，我带人再次到吴更里家调查。咦！眼前这几间村里最寒酸的土瓦屋，还有屋里灰头土脸的几个人，无论怎么也不能和高雅的钢琴联系起来。

看见我们又来，吴更里好像早有预料似的，他啥也不问，只是冲我们笑一笑，就算是打过招呼了。

我就问他："吴更里，听说你家有一台很贵的钢琴是吗？"

吴更里点了一下头，似乎有点不好意思地说："是呀，是有啊！"

"能让我们看看吗？"

吴更里又点点头，带我们来到一间上了锁的房间，打开门，说："各位请吧。"

尽管我们有精神准备，但是我们还是被屋里那架精美的钢琴震撼了。这间房里什么杂物都没放，就在地当央摆了那架钢琴。它一尘不染，气势非凡地雄踞在那里，霎时使这间土屋蓬荜生辉。我们小心翼翼走过去，轻轻抚摸，通过视觉和触觉进一步感受它的高贵。说实话我对钢琴一窍不通，但是直觉告诉我这的确是一架非同凡响的钢琴。我对照上面的字母，用手机迅速上网查了一下，立刻明白这是一台立式施坦威牌钢琴，是钢琴中的精品，价值真的有几十万上下。

我们都把疑惑的目光定格在吴更里的脸上，等待着他的回答。

吴更里走过去，手拿一块抹布轻轻擦拭我们刚才摸过的地方，话语也同样轻轻的："各位领导别见怪，这钢琴是我爸爸当年买的，是给我买的。那时候他在城里当包工头，赚了钱，就去买了一台最贵的钢琴运回来，他说他要把我培养成郎朗一样的人。可是，唉……"他停住不说了，似乎陷入回忆之中。

"那后来怎么样呢？"

"后来我爸打算专门请一个钢琴老师，先到乡下来教我，等条件成熟了，就把全家接进城去，让我受最好的教育。可是那年，他承包的工程拿不到钱，还死了人，他赔光了一切，最后……他跳了楼。那年我才 12 岁。"

屋里的空气立刻有点压抑，我感觉那架钢琴也似乎变得格外沉重起来。

“那你就不得不过早地挑起了家庭生活重担，你一直留着钢琴，是为了纪念你的父亲，对吗？”我是个急性子的人，忍不住说出了最后结果。

谁知吴更里看了我一眼，说：“你只说对了一半。这钢琴，我是留给我儿子的，可是他偏偏对这个不感兴趣。我就想，将来我还会有孙子呀，孙子也会有儿子呀。我就不信，我家里就出不了一个钢琴家。”

吴更里语气坚定，目光灼灼，仿佛对未来充满必胜的把握。

“出钢琴家，那当然好，可你得面对现实呀。假如你先把钢琴卖了，你家现在的一切都会改变，政府也能名正言顺帮助你。将来有钱再买嘛……”

“不，我不想那样活着。李组长你说，人活着，除了钱，总得还要为点啥吧？”

吴更里口气坚决，咬钢嚼铁。我不由再次打量眼前的这个农民，感觉他的质地真的比钢铁还硬。

吴更里，就这样作为一个特殊的扶贫对象进入了我们的视野。这天夜里，我竟然做了一个奇怪的梦，梦见自己去参加一个钢琴演奏音乐会。在金碧辉煌的舞台上，有一个人坐在一架巨大的钢琴前，身体摇摆，十指飞舞，天籁般的乐曲汪洋恣意，跳跃流淌……大厅里掌声雷动。当那人站起身来谢幕时，我不由狂喊：吴更里！吴更里……

梦想是人生的追求和境界。小说主人公吴更里就是这样一个人，宁肯受苦受穷也不卖父亲给自己留下的钢琴，这是一个执着的人，虽然自己实现不了父亲的愿望，但他坚信终究会有子孙能够实现父亲的愿望。难怪小说题目为“钢的琴”，显然，题目具有一定的象征意义，其中内涵，相信读者在读完小说后自然会心领神会。

点评者：郭军平，全国十佳教师作家，中高考热点作家，渭南师范学院继续教育学院“国培计划”授课专家。

1. 小说题目“钢的琴”有何喻义？

2. 小说结尾处，作者梦见吴更里成为一位优秀的演奏家，这部分能不能去掉呢？谈谈你的看法。

3. 针对吴更里，有人说：“他人穷志不穷。”有人说：“他简直是个傻子，榆木脑袋。”谈谈你的看法。

关键词 **扶贫 坚持**

吴更里美好的理想和比钢铁还硬的精神意志让人敬佩。扫一扫二维码，获取《钢的琴》原文。

诱杀

@朱耀华

豹子向摄影师一步一步走过来，终于，它在离他几米远的地方站住了。豹子用充满敌意和怀疑的目光盯着他看了一会儿。那一会儿，摄影师的额上慢慢沁出了冷汗。

摄影师保持着一种闲散的姿势，两腿盘坐在地上，表情平和，这样使他看起来不构成攻击性。当然，他的内心此刻充满了紧张，还有一些掩饰不住的恐惧。他默默地对自己说：沉住气，沉住气。

豹子又向前迈动了，他的心提到了嗓子眼里，但他依然保持着固有的姿势，他的心中蓦然升腾起一种壮烈的感觉。但这时，豹子转了一个弯，和他擦肩而过。

成功了！摄影师心头一阵狂喜。豹子终于可以接受自己了。为了达到这个目的，摄影师用了整整半年时间。

半年前，摄影师只身来到这座原始森林，很多时候，他和护林人住在一起。摄影师有一个宏大的计划，就是拍摄一组动物生活的真实镜头。他要求自己超越前人，能最大限度地和动物亲密接触，哪怕是最凶猛的动物。

很快，它发现了豹子。

他让自己慢慢进入了豹子的视野。开始，他驾着越野车，和豹子保持着若即若离的距离。有两次，豹子对他展开了攻击，它暴怒地拍打着坚硬的车门。但是，最终，它无可奈何地走开了。两个月以后，摄影师就试着开始走出那个车厢，用尽可能通俗的身体语言向豹子表达自己的善意。在他身上，一切有嫌疑的东西都丢在了车厢里，包括钥匙。当然，他不知道和豹子之间能不能达成沟通。确切的是，他和豹子之间的距离在一步步缩小。

直到最后。

他和豹子的这种默契持续了一个星期，然后，他和它有了最初的肌肤之亲。豹子眼睛里的敌意已经近于消失。

接下来，是让豹子熟悉摄影机的时候了，那个拉着长镜头的家伙很容易发生误会，使豹子认为它可能会受到攻击，从而激惹它嗜血的兽性。因此，摄影师一直小心翼翼。

半个月以后，他完全获得了成功。他和豹子成了朋友，他可以摸着豹子的头跟它说话，可以亲手把好吃的食物送到豹子的嘴里，而豹子在欢欣之余，则喜欢翻滚着和他嬉戏一番。

如果不是怀着好奇躲在摄影师的车里亲眼看到，那个护林人就是死也不会相信这一切都是真实的。

摄影师从容地拍摄着豹子生活的一切，包括它和母豹子的爱情。直到它预备的摄影胶片全部装满。有时候，豹子还调皮地用嘴去“咬”摄影机的镜头。

摄影师满载而归。他给人们带回了一个崭新的森林童话。

悲剧发生在两个星期之后。

那天来了一个猎人。猎人是偷偷进来的，因为森林里早已明令禁止了狩猎。但是，猎人需要钱。一张虎皮或豹皮都可以值上千块钱，运气好的话，也许还能得到象牙之类。猎人一心抱着发财的念头，于是，他铤而走险。

猎人是在毫无防备的时候遭遇豹子的。那天，他实在太疲倦了，靠着一颗榕树，竟睡着了。

当他被一阵轻微的窸窣声弄醒的时候，他睁开眼，竟看见一只豹子近在咫尺！

猎人立时毛孔偾张，脑袋里“轰”的一声。

枪就在他手边，子弹早已上膛，但是，那时，他完全呆住了。

更不可思议的是，豹子竟挨着他蹲了下来。豹子望着他，那样子充满天真，仿佛是一个想听故事的孩子。

猎人以为是做梦，他悄悄使劲咬了咬嘴唇，感到了疼痛。

恐惧中，他本能地抓住了枪，并且把枪管移向豹子的头部。

豹子没有反应，它懒洋洋地伸了个懒腰，之后就用嘴去叼枪管。

一声惊天动地的爆响。

豹子的身子一下子飞了起来，同时，一朵血花在它的头部灿烂地开放……

猎人很久都没反应过来，怎么打一只豹比打一只兔子还容易？

点 评

这是一个令人伤心悲痛的故事。悲痛的原因在于善良的豹子被残忍的盗猎者杀害，这也伤害了人与动物之间好不容易培养出来的信任感。然而，小说的题目是“诱杀”，是谁诱惑了豹子，让豹子开始信任人，消除了对人的警戒。看来，豹子的悲剧不仅仅是盗猎者的负责，这个诱惑豹子，让豹子消除对人的警戒心的摄影师也难逃其责。小说一波三折，情节曲折，引人入胜。

点评者：郭军平，全国十佳教师作家，中高考热点作家，渭南师范学院继续教育学院“国培计划”授课专家。

思考题

1. 结合故事情节，分析题目“诱杀”好在哪里？
2. 小说在情节设计上有出奇制胜、出人意料之处，请结合情节进行分析。
3. 小说故事给我们哪些启示？

关键词 **警惕**

扫一扫二维码，获取《诱杀》原文，看豹子如何被野心勃勃的盗猎者猎杀。

半支蜡烛

@谢志强

那天出差，我来到北方一个陌生的小城市，投宿在一家普通的旅馆。进进出出的，都是陌生面孔。

房间内有三个床位。入晚，仍是我一人；我担心着随时可能闯进一个陌生人来。我看着电视，荧屏一闪一闪换着人物，很频繁。我略为轻松了。蓦然，荧屏内热热闹闹的人群没了影儿，室内一片漆黑，像隆重的舞会一下断了电。楼外的灯光也消逝了，整幢楼传出惊愕的呼叫。

我摸近写字台，拉开抽屉，捏住了空荡荡的抽屉一隅的半截蜡烛。这是我进入这个房间时，无意中发现的秘密。

半支蜡烛，很细很圆，也很凉，它躺了不知多久，几乎被遗忘了，连服务员清理房间时也忽视了它的存在。我捏着它。我没有火柴，捏着蜡烛，走出房门，能看到长长的走廊尽头一扇窗口外边朦胧的夜色。

走廊内一片混乱，开门声、脚步声、召唤声。显然，大家都没料到断电。

于是，我想开门看看。迎面闪过一个身影，我问:“有没有火柴？”她说没有。她一开口，我才知道是个女性，声音使我想到了山泉。她喊服务员，声音包含着恐慌。我说我有蜡烛，她便朝走廊内毫无目标地喊：“谁有火柴打火机？点个亮！”她仿佛向人间呼吁。

我继续试探着朝走廊尽头的窗口方向走。我的眼睛渐渐适应了突然降临的黑暗。

数步远，猛然跳出一朵火苗，像茫茫戈壁的暗夜中遥远处闪现出一堆篝火。他说：“快点快点！”一个中年男子粗犷的喉音。

我赶上前，蜡烛的顶端棉芯接触了打火机的火苗，像恋人美好深情的吻。蜡烛的火苗陶醉般地摇摇晃晃，渐渐明亮起来，欢跃起来。它的光亮映出其他两张绽开了微笑的脸，接着，又惊喜地围过来几张陌生的脸，都笑着。我看着他们并不陌生的陌生的脸，我也笑了。我没急于返回房间，这亮光属于众人，我不能独自享用。

她说：“你倒有经验，出差还备着这玩意儿。”

我说：“我在抽屉里发现的——我可没先见之明。现在出差到哪里会没有电灯呢？在城市，蜡烛已成稀罕物了。”

我持着蜡烛，缓缓地走过一扇一扇敞开的门——迎接光明的门，我十分乐意地接受里边的旅客偶尔提出借个光的要求。他们是在寻觅断电的瞬间失却或遗落的物件；找着了那物件，像重逢一样的欢欣，简直显出孩童的纯真。

我的心房也随着烛光一亮一亮闪动。这个旅馆这座城市不再陌生和恐惧——一个人进入一个陌生地难免生出的感觉。

经过一扇一扇敞开的门，我到达了房间门口。又是意外，霍然灯火通明，荧屏又出现一个彩色的世界。走廊传来惊喜的声音，接着，传来纷纷“砰砰”关闭房门的响声。我也关上了房门。

点评

这篇微型小说通过断电前人与人之间的陌生、隔膜和断电后人们互帮、互助的对比，揭示现代都市人群相处冷漠疏离的状况，呼吁人性的温暖、人与人之间的信赖与互助。在小说结构上，虽不注重跌宕起伏，大开大合，但通篇写来仍是从容不迫，从不显得干、紧、局促。文中将蜡烛与打火机的火苗点燃的瞬间比作恋人的吻，似神来之笔，既是表明看见光亮瞬间人们的喜悦，也表明人心在此刻的接近，使作品境界瞬间升华，闪现出摇曳多姿的精气神来。读罢全文，令人如嚼橄榄。

点评者：刘鸿凌，湖北省安陆市涢东学校高级教师，湖北省特级教师，湖北省初中历史讲解专家库成员，湖北省作家协会会员。

思考题

1. 小说的开头两段反复渲染“陌生”这个字眼，请结合文本简析这样写有什么作用？

2. 如何理解文中“这亮光属于众人，我不能独自享用”一句的含义？

3. 全文以蜡烛折射出在“寻光”过程中人们哪些微妙的心理？你由此获得哪些启示？

关键词　**信赖　互助　温暖**

“半截蜡烛”体现了现代城市人与人之间关系的冷漠，同时也折射出人性的光辉。扫一扫二维码，获取《半支蜡烛》原文。

父亲的麦粒

@ 许心龙

那年夏天的一天，偏西的太阳热劲儿刚弱下来，父亲将饭碗一推，抹把汗，就喊娘到场里收麦子。凌乱的麦秸屑很有感情地揉进父亲泛黄的短发里。一晃，父亲在打麦场上忙乎了半月多，该颗粒归仓了。六月的阳光把父亲的背心烙在了身上，父亲洗澡时，脊背呈现出醒目的背心模样，白而发亮。

父亲和我娘我哥齐上阵，摊开的一大场麦子很快变成一堆小麦山。麦山按捺不住地弥漫着麦香的热气。我娘拢了拢湿漉漉的乱发，瞅着麦山，脸上露出了疲劳的笑容。

这时，父亲伸出左手弯腰抓起一把温热的麦子，用力握了一下，伸开手掌盯了一会儿又用右手食指来回划拉几下。

“干透了吧？”我娘问道。父亲没有搭腔，而是拈起几粒麦子准确无误地投入了口中。随着腭骨的上下晃动，嘴里发出了清晰的嘎嘣嘎嘣的脆响。

“我要的就是麦粒嚼在嘴里的嘎嘣脆响！”父亲不容置疑地说。

“装麦！”父亲将军般地命令。面对饱满的麦子，父亲的精气神儿也是永远饱满的。

“麦收你爹看得最重。”我娘边往簸箕里搂麦，边说，“自从跟你奶奶分家另过，年年都是这样。”

“麦子晒干了，不会生虫。”父亲边扎麦袋口边说，“交公粮时心里也踏实。”

“我说多少遍了，从今年起，不再交公粮啦。”我强调说。

“你以为你是皇上，说免皇粮就免了。”父亲头也不抬，接话道。其实，父亲很为有我这个师范毕业执了教鞭的儿子骄傲的。

我娘不置可否地笑笑，恁意思是责怪我想得美。

我望望仅会歪歪扭扭写出自己名字的二老，无语了。无知者无过，只是后来我才知道父亲是想借今年的饱满麦子，好好出一口去年在乡粮站交公粮时受的恶气。去年排队交公粮时，有人趁父亲去厕所，把一袋掺有土坷垃的麦子，调换给了父亲。面对坷垃秕子麦，父亲百张嘴也说不清，他因此受到了大喇叭的广播批评。受了奇耻大辱的父亲回来就找村主任申冤。村主任笑笑，拍拍父亲的瘦肩膀，说公粮交掉不就好了，再争论还有意思吗？父亲叹息一声，气得夜饭也没吃就蒙头睡了。睡梦中还发癔症连喊：“那不是我的麦子！那不是我的麦子！”

十多袋麦子规矩地躺在了架子车上。父亲还跟往年一样，要我娘提前准备好有葱花的面饼还有过夜的铺当。晚上去乡粮站排队。

这时，我看到村主任朝我们的麦场走来。我忙向村主任招手。村主任不会不知道政策，这回看愚顽的父亲还有什么话可说。我长出了一口气。

“老陆，今年麦子咋样？”村主任走近了，瞅着父亲问道。

“亩产一千一二百斤吧。”父亲笑答。父亲说着就解开一袋麦子，抓出一把，说：“来，村主任你看看。”

村主任探头看看父亲手里的麦子，点点头。

“嘎嘣响呢。”父亲说着就拈起几粒麦子准确无误地投入口中。很快，嘎嘣嘎嘣的响声就从父亲嘴里传出。我看到父亲咀嚼得很有耐心很卖力很幸福。父亲的那嘴钢牙好像就是为了麦粒生长的。最终父亲很满足地咽下那口麦面，说：“村主任，我再打开一袋你看看吧。”

“不，就跟这麦粒一样瓷实。”村主任再次点点头，说，“村里最过硬的，就是老陆了。”

“用这样的麦子交公粮，没问题吧？”父亲胸有成竹地问道。

“交啥公粮？”村主任一愣，望我一眼，恍然明白了什么，笑道，“呵呵，你交公粮交上瘾了吧？你不知道今年起公粮免征了吗？”

父亲呆若木鸡。无疑，村主任的一番话在父亲看来显得惊天动地。

“老陆，不交皇粮就违法的时代过去啦！”与父亲年龄相仿的村主任显然也很激动。

“村主任，你可不敢开这样的玩笑呀！”父亲盯着村主任，小心地说。

“连我的话你也不信？电视上都播了呢。”村主任拍拍父亲的瘦肩膀，一本正经地说，“老陆，对去年交公粮的事还放不下吧？”

“我真咽不下这口气。”父亲哽咽着说，“我的麦子粒粒嘎嘣脆响，交恁些年公粮了从没有过二样的。”

“老陆，别恁较真了，都过去了。”村主任安慰道。“看看我的麦子哪粒不嘎嘣嘎嘣脆响？”父亲执拗地说，“那袋土坷垃秕子麦，打人的脸呀！”“好了，别伤心了。”村主任再次拍拍父亲的肩膀，说，“你就用这车麦子卖了钱买辆三轮车吧，也一把年纪了，该省点儿力气了。”“听村主任的，买辆三轮车吧。”我娘忙说。我娘望村主任一眼，继续说：“没见过恁一根筋的，弄啥事就怕别人吃了亏。”“呵呵，谁不知道老陆！”村主任笑说，“我说老陆呀，这就是变迁，可不能坐在福中不知福。”父亲一屁股坐在了车尾的麦袋子上，右手不停地一下一下捶着鼓鼓的麦袋子。

半夜里，父亲的高声喊叫把我惊醒。父亲喊道：“那不是我的麦子！那不是我的麦子！”

如今，年迈的父亲嘴里没有了牙齿，我就再也听不到父亲嚼麦粒时发出的嘎嘣嘎嘣的响声了。父亲嘴里没有了牙齿，那嘴就成了舌头的天下。那自由的舌头时常翻滚：“那不是我的麦子，那不是我的麦子……”

点 评

因为他人的恶作剧，让老实诚信的父亲蒙受了不白之冤。于是，父亲憋着一股劲，把今年新收的麦子晒得嘎嘣嘎嘣脆，希望再交公粮时重新证明自己。当得知以后不再交公粮时，父亲没有为新政策的到来而喜悦，而是因失去挽回声誉的机会而沮丧。至此，一个执拗执着又诚实守信的农民形象跃然纸上。

点评者：方斯文，湖北省孝感市孝南区实验二小语文教师，孝感市作家协会会员。

思考题

1. 小说反复出现“嘎嘣嘎嘣”一词，分析一下它在文章中的作用。
2. 题目是“父亲的麦粒”，但文中父亲又多次表明“那不是我的麦子”，作者这样写的用意是什么？
3. 结合全文，分析一下父亲的人物形象。

关键词

诚信　名誉

时代的变迁给普通农民带来了命运变化与精神上的冲击。扫一扫二维码，获取《父亲的麦粒》原文。

行走在岸上的鱼

@蔡楠

红鲤逃离白洋淀，开始了在岸上的行走。她的背鳍、腹鳍、胸鳍和臀鳍便化为了四足。在炙热的阳光和频繁的风雨中，红鲤细嫩的身子逐渐粗糙，一身赤红演变成青苍，漂亮的鳞片开始脱落，美丽的尾巴也被撕裂成碎片。然而红鲤仍倔强而执着地行走着，离水越来越远。

其实红鲤何尝不眷恋那清纯澄明的白洋淀水呢？曾几何时，那里是她的家园呀！那荷、那莲、那苇、那菱，甚至那叫不上名来的蓊蓊郁郁、密密匝匝的水草，都让她充满了无尽的遐想。她和她的父辈母辈、兄弟姐妹在这一方碧水里遨游、嬉戏、生存，实在是一种极大的快乐啊！更何况红鲤是同类中最招喜爱、最受羡慕、最出类拔萃的宠儿呢！她有着与众不同的赤红的锦鳞，有着一条细长而美丽的尾巴，有着一身潜游仰泳的本领。因此红鲤承受着同类太多的呵护和太多的爱怜。

如果不是逃避老黑的魔掌，如果不是遇到白鲢，如果不是渔人们不停息地追捕，红鲤也许就平静地在白洋淀里生活了，直到衰老死亡，直到化为白洋淀的一朵小小的浪花。

厄运开始于那个炎热的夏天。天气干燥久无雨霖，白洋淀水位骤降，红鲤家族居住的明珠淀只剩下了半米深的水，红鲤家族不得不在一天夜里开始向深水里迁移。迁移途中，鲤鱼们遭到了一群黑鱼的袭击，那是一场心惊肉跳的厮杀。黑涛翻腾，白浪迸溅，红波激荡，鲤鱼们伤亡惨重。最后的结局是，红鲤被黑鱼族头领老黑猎获，鲤鱼们才得以通行。

其实老黑早就风闻红鲤的美丽，并渴望用她作为诱饵捕猎更多的美味。因此老黑有预谋地安排了这次伏击战。老黑将红鲤俘获并将其放在洞口旁边，在周围安排了多个看守和猎手。红鲤不肯“出卖”无辜的生灵，身上便满布刽子手的啮痕和血淋淋的伤口，晶莹剔透的眼睛没几天就暗淡了下去。红鲤坚强地忍受着严酷的身心折磨，也暗暗地寻找着逃跑的机会。

中午是老黑们最为倦怠的时刻。为逃避渔人的捕杀，老黑不敢出洞，常常是吃完夜间觅来的食物后便沉入梦乡。就是中午，红鲤悄悄地绕开看守，轻甩尾鳍，打一个挺儿便钻出了黑鱼洞，浮上了水面。红鲤望见了水一样的天空，望见了鱼一样的鸟儿，望见了树叶一样漂浮的渔船。老黑率领一群黑鱼一路啸叫追逐而来。红鲤急中生智，躲到了一只渔船的尾部。她看到渔船上那个头戴斗笠的年轻渔人甩出了一面大大的旋网，旋网在空中生动地划了一个圆，便准准地罩住了黑鱼群。

红鲤撇撇嘴，一个猛子扎入深水，向远处游去。接下来的日子，红鲤开始了对红鲤家族的寻找。寻找一度成为红鲤生命的主题。在寻找中，红鲤的伤口发了炎，加之不易觅食，又饿又痛，终于昏倒在寻找的水道上。

这时，白鲢出现在红鲤的生死线上。白鲢将红鲤托进了荷花淀。白鲢用嘴吮吸清洗红鲤的伤口，一口一口地喂她食物。红鲤慢慢复苏了。

荷花淀里多了两个生死相依的朋友。红鲤红，白鲢白，藕花映日，荷叶如盖。红鲤和白鲢在无数个白天和夜晚听渔歌互答，看鸥鸟飞徊。白鲢对红鲤说："天空的鸟自由，也比不过我们呢，鸟飞上天空，不知被多少猎枪瞄着呢！"红鲤提醒说："我们也不自由呀，荷花淀外的渔船一只挨一只，人们各式各样的渔具，都在威胁着我们，说不定哪一天我们就会成为网中之鱼呢！"

果然，不幸被红鲤言中。一个午后，白鲢和红鲤出外觅食，兴之所至，便远离了荷花淀。他们穿过了一道又一道苇箔，绕过一条又一条粘网，闪过一只又一只鱼叉，快活地畅游、嬉戏。他们来到了一个细长而幽邃的港汊间。这时一只嗒嗒作响的渔船开过来，白鲢看见一柄长长的渔竿伸下，一个圆乎乎的铁圈拖着长长的电线冲他们伸来。白鲢用尾巴一扫红鲤，喊了声快跑，便觉一股电流划过，一阵晕眩，就失去了知觉。

红鲤亲眼看见了白鲢被电船电翻打捞上去的经过。红鲤扎入青泥中紧贴苇根再不愿动弹。她陷入了绝望和恐惧之中。一个越来越清晰的念头强烈地震撼着她：离开这里，离开水，离开离开离开——

天黑了，一声炸雷响起，暴风雨来了。红鲤缓慢地浮上水面。暴雨如注，水面一片苍茫。红鲤一个又一个地打着挺儿，一个又一个地翻着跟头。突然又一阵更大的雷声，又一道更亮的闪电，红鲤抖尾振鳍昂首收腹，一头冲进了暴风雨，然后逆流而上，鸟一样跃过白洋淀，竟然飞落到了岸上。

那场暴风雨过去，红鲤便开始了岸上的行走。她要创造一个鱼儿离水也能活的神话，她要寻找一块能够自由栖息、自由生活的陆地。

点评

本文运用童话的形式，赋予红鲤人的思想和行为，并设置了与白鲢的爱情故事，还让鱼在岸上行走，充满了作者大胆而新奇的想象，为我们展示了一幅耐人寻味的生活图景。但充满童话色彩的故事中作者加入了现实性的描写：人类用电船电翻打捞白鲢，使小说有了现实意义：揭示人类对于动物的滥杀，而招致生态环境的破坏。这正是这篇小说的独特之处。

点评者：丁丽，笔名非花非雾，中国作家协会会员，中学高级教师，从事语文教学28年。

思考题

1. 小说为什么以“行走在岸上的鱼”为题？
2. 推断文章记叙红鲤遭老黑摧残这一情节的意图。
3. 试就这篇童话形式的小说所运用的一种艺术表现手法进行赏析。

关键词　生存　自由

鱼类生活空间遭到破坏，生存环境严重恶化，竟然到了改变物种习性才能存活的境地。扫一扫二维码，获取《行走在岸上的鱼》原文。

绝活

@ 马宝山

小镇里有不少是手艺人，手艺人靠的是手里有绝活儿。有绝活儿的吃香喝辣的，做人也鲜亮有派头儿。

苏门耀是个手里有绝活儿的人，苏门耀做豆腐，卖豆腐。苏门耀做豆腐他要自己选料，自己淘洗，自己碾磨，最后还要自己点卤水。他一手做出来的豆腐鲜、香、嫩、爽口，多少年了就没有人在小镇上开第二家豆腐坊。苏门耀的绝活还不在这上头，最绝的是一刀准。有人买他豆腐，人家买的斤数一出口，他一刀子就切下一块，一边报数一边往秤盘上放，提起秤杆，秤杆那头微微一翘，秤盘里的豆腐就滑进买主的盆里，买主高高兴兴地走了。

苏门耀卖的豆腐刀刀准，一次都不会有差错的，可是他每一次都要过秤，为什么？就是让买主心里踏实。苏门耀就靠这个绝技在小镇里活得鲜亮着哪。

小镇里还有一个叫窦辰亮的人，他卖枣糕，靠的也是刀上的功夫。窦辰亮卖枣糕也是一刀准，不同的是窦辰亮卖出的枣糕一概不过秤，谁买多少，窦辰亮一刀下去，然后用荷叶一包扔进买主的篮子走人，谁嫌他卖的枣糕斤两不足，自己找杆秤过去。错了回来，缺一补十，小镇人没有一个来找后账的。

鸟比鸣，花比艳，人就喜欢比个高低。卖豆腐的苏一刀和卖枣糕的窦一刀就在暗中较劲许多年，总想着压对方一头。俩人也在镇街上常见面，见面话里常常挟棒带棍。

"哟，苏师傅啊，您的豆腐真白啊，刀怎么就这样黑哪？"窦辰亮不怀好意嘻嘻笑着说。

苏门耀也嘻嘻笑着反唇相讥："我的豆腐是白的，刀是黑的，黑白分明，可是不知道窦师傅的枣糕是让人吃了甜掉牙呢，还是酸掉牙呢？"

一天，苏一刀和窦一刀撞在一条小巷里。小巷很窄，只能容一辆小车过去。他们中必须有一人退出小巷，不然就堵在巷里谁也甭想走出去。

窦一刀把枣糕车停在小巷里，从腰间摸出烟袋，坐在车帮子上抽开烟了。苏一刀一见这个架势就知道，这是窦辰亮叫板了，他也把车停下来，高声叫卖：豆腐，卖豆腐……

这正是晌午时分，小巷里人来人往，人们一看这架势，这两个人要"斗鸡"。小镇人爱看热闹，渐渐就聚拢起一群人来。

窦一刀一连抽了三袋烟，看了一眼吆喝叫卖豆腐的苏一刀，收起烟袋，拿起切刀闭住眼睛，"啪啪"几刀，切出五块枣糕，然后用切刀扒拉一块：这块八两，这块一斤一两，这块一斤九两……谁买拿去，信不着的，那边老苏豆腐车上有秤，过一过，秤杆挑不起头来，就算我的错，您把这车连同车上面的枣糕一起拉回您家去。

就有人买窦一刀的枣糕，拎了就走，偏一位还买了窦师傅的枣糕走到苏一刀的豆腐车上去想过一过秤，却见苏门耀收起家什推起豆腐车一步一步退出小巷。窦辰亮笑了，也收起家什，一步一步向前推着小车走，高叫：枣糕，枣糕，卖枣糕……声音异常的高昂嘹亮。

十年过去了，苏门耀头发白了，窦辰亮也是一头灰白。那年元宵节，小镇组织舞龙赛会，引来四乡八村看热闹的人，小镇主街上人头攒动。不知道是有意还是无意，这天苏门耀的豆腐车和窦辰亮的枣糕车间隔三米排列在一起。那时候舞龙还没有开始，两个“一刀”就表演开了。

先是窦一刀，他用一条毛巾蒙住眼睛，举起刀，啪啪几刀，一连切出十块枣糕，每一块不多不少，都是一斤，眨眼之间都被人们买走。窦一刀再蒙住眼睛，又举起刀，啪啪几刀，还是切出十块枣糕，每一块不多不少，都是一斤半，又眨眼之间被买走。窦一刀再一次蒙住眼睛，高高地举起切刀……

这时，旁边的苏门耀也开始了，他慢慢掀开麻布，一板雪白的豆腐展现在众人面前，苏一刀把豆腐的四角切开，板上留下四四方方的一大块豆腐，他在这四方大块豆腐上横切三刀，又竖切三刀，一大块豆腐被均匀地切割成十六块小豆腐，每一块不多不少，都是一斤半。人们不禁叫绝。在人们叫绝声中，苏门耀说话了：

“窦师傅，腾出地方了没有，兄弟送您一板鲜豆腐。”说着，苏一刀用切刀轻轻铲起一小块豆腐，抛向窦辰亮三米外的枣糕车上，一块，两块，三块……

苏一刀的豆腐一块一块在空中飞如羽，落在板上轻如絮，一块不散，一块不破，十六块豆腐整整齐齐，方方正正地码在窦辰亮空出来的枣糕板子上。

围观者，掌声如潮，大赞：绝活儿，真正的绝活儿啊！

多少年后，苏门耀，窦辰亮都老了，两个人一同遛街，晒太阳，却很少说起当年他们较劲的事情。

一天，窦辰亮的孙子忽然跑来喊："苏爷爷，我爷爷不行了，他请您过去一趟……"

苏门耀拎起拐棍就往窦家走，一进门只见窦辰亮躺在炕上，一口一口艰难地喘气。他看见苏门耀就伸出手。苏门耀上前抓住窦一刀的手："窦师傅，有啥话要说，您就开口，咱们老兄弟千万不要客气呀。"

窦辰亮一字一字往外吐："苏师傅啊，您、您那个绝活是怎么练出来的？有师傅教您吗？那可是小镇千古一绝呀！"

苏门耀扒在窦辰亮的耳朵边，轻轻说："您忘了吗？那是被您逼出来的呀，要说有师傅，那就是您，窦师傅啊。"

窦辰亮听了张了张嘴，想说什么，却没有说出口就咽气了。

苏门耀说的不是客气话，也不是安慰人的话，更不是气人的话，他说的是真话。凡是世上的绝活儿，没一个是学来的，学来的就不叫绝活儿。自己苦思冥想，硬琢磨，逼出来的那才是绝活儿呢。

点评

小说讲述了两个手艺人苏一刀和窦一刀各凭着一手绝活谋生活的故事，生动展示出各自的独门绝活。卖豆腐的苏一刀和卖枣糕的窦一刀一直暗中较劲比技艺，从年轻到年老总想比个高低，而在一次比试中，显然苏一刀略胜一筹。当他们老到一同遛街晒太阳时，却很少说起当年他们较劲的事情，直到窦一刀弥留之际，才开口询问苏一刀的绝活是哪个师父教授的，却不料苏一刀说窦一刀是自己的师父。结尾不言自明，对手较劲比的就是心劲，对手给予的不仅仅是压力，还是一种动力，强迫自己进取的动力，给人带来“情理之中，意料之外”的阅读惊喜和快感。文章富有传奇色彩，语言质朴流畅，意味深长，娓娓而谈，自然洒脱。

点评者：张建中，河南省汝阳县直属初级中学教师，中学语文高级教师，从教 30 余载，教学经验丰富。被评为市骨干教师、语文学科带头人。

思考题

1. 小说一共写了哪几件事？请用精练的语言概括。
2. 请分析选文第 5 段的作用。
3. 小说最后一段是否多余？为什么？请说明理由。

关键词 **竞争　压力　动力**

是对手，也是良师。扫一扫二维码，获取《绝活》原文。

走 眼

@ 王伟锋

老街两边，一溜儿开有十多家古玩店。“珍宝斋”的门店在老街的最里面。老板姓赵，做这一行已经有二十多年了。赵老板内行，眼力好。据说，好东西只要打他眼前一过，没有看走眼的。

一次，老街有家店收了一件钧瓷，吃不准货色。半条街的人都看过了，但谁也不敢拍板下结论。店主亲自出马，恭恭敬敬地请赵老板赏脸，过去给看一眼。赵老板热心，当即过去，反复把玩了，淡淡地说：“收着。”

店主心中一喜，禁不住颤声问：“能收？”

赵老板朗声道：“能收！”后来，那件钧瓷出手，价钱竟然翻了十倍。自此，赵老板名声日隆。

但是，新近开张的“云芳斋”的李老板却偏不信这个邪。李老板的店原本开在省城，不知怎么一时兴起，在小镇开了一家分店。他初来乍到，想干一件露脸的事，好在老街尽快站稳脚跟。

这天，“珍宝斋”来了个外乡人。看打扮，像是落难之人。一进店，那人便掏出一个精巧的盒子，说盘缠儿不够了，身上有块玉，想换俩钱花。伙计打开盒子，一看，心里一惊，赶忙一溜小跑，把正在后院竹椅上闭目养神的赵老板请了过来。

赵老板拿过那盒子，看了一下玉，又盖上盒子，端详良久，问卖家：“想淘换多少钱？”

卖家说：“少说也得这个数。”说着，伸出五根手指。

赵老板不语，站起身来，踱了几步，站定，对着卖家伸出了三根手指。

卖家摇摇头，固执地伸出五根手指，神色凝重地说：“这可是家传的宝贝，低于这个数，免谈。”

“收了。给客人添茶。”赵老板微微皱了皱眉头，不动声色地吩咐道。客人走后，赵老板拿了盒子，低声嘱咐了伙计几句，然后不紧不慢地踱着方步，回后院品茶去了。

卖家出了古玩街，在镇上拐了几个弯，又勾回头，一闪身进了“云芳斋”的后院。伙计远远地看得仔细，回来向赵老板汇报。赵老板低头沉思良久，叹了口气，说：“这个李老板，不怎么地道啊！”

隔天，李老板和街上的几个店主来到“珍宝斋”，进门便嚷：“听说贵店新近收了件好东西，拿出来，让大家开开眼！”

赵老板拱手道：“小玩意儿而已，不值一提。”见赵老板不肯拿出玉，李老板暗自得意，忍不住大声嚷嚷：“赵老板，您不让我们开眼，莫非您这一次走了眼，收了个扔货？”

赵老板干咳一下，默不作声。李老板愈发得意起来：“呵呵，想不到，老街赫赫有名的赵老板，也有看走眼的时候。”

这可关系到“珍宝斋”的声誉，连伙计都急了，赵老板依旧笑而不答。

李老板恣意取笑一番之后，领着一群人得意扬扬而去。伙计实在忍不住了，说：“老板，您怎么一句话也不说啊？莫非咱们真的着了人家的道，收了个赝品？”

赵老板粲然一笑，说：“玉的确不怎么样，但盒子实实在在是个好东西。上等的古檀香木，名家雕刻的纹饰。你说，究竟是谁走眼了？”伙计明白过来，心里那块石头终于落了地。他不解地问：“既然如此，你为何不说，也羞辱李老板一番呢？以其人之道，还治其人之身！”

赵老板长叹一声，说：“都在这个圈子里混饭吃，得饶人处且饶人吧！”

一个月后，“珍宝斋”做成了一笔买卖，一个雕工精良的古檀香木盒子卖了个好价钱，整条老街都轰动了。

不久，老街的人发现，“云芳斋”的牌子在夜里悄悄摘掉了，店面转给了一个本地人。

点评　小说采用欧·亨利的笔法，小说的结局是意料之外，情理之中。不认输的李老板以为赵老板会走眼，以为价值在玉。其实价值在盒，走眼的是李老板，小说结局具有出人意料的艺术效果。小说塑造了一个阅历丰富，洞悉人心，为人仗义，精通业务的商人形象。表达了经商与做人一样，都应该诚信、宽厚、与人为善的观点。

点评者：党文锦，一级教师，河南省汝南县教师笔会理事，江苏省泗阳县作家协会会员。

思考题

1. 小说中提到赵老板对钧瓷“反复把玩”，对盒子“端详良久”，这两个细节在文中有什么作用？

2. 赵老板在鉴定钧瓷时，小说描写他神态的语句有哪些？这些语句反映了人物怎样的心理？

3. 小说结尾处，李老板为什么会悄悄摘牌走人？

关键词　**诚信**

经商总想走歪门邪道，不遵守行业规矩，终究会作茧自缚，自食其果。扫一扫二维码，获取《走眼》原文。

鞋

@ 闫耀明

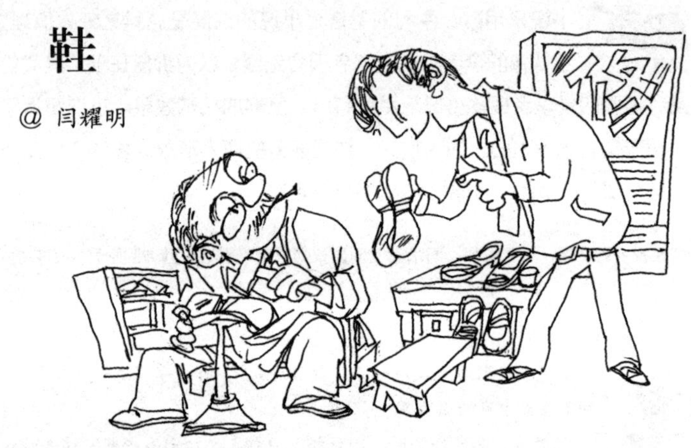

年轻人的鞋坏了，去修。

街口就有一个修鞋的，摊子不大，一个戴着单帽的人在埋头干活儿。

年轻人把鞋放下。修鞋人拿起鞋，看了看，说，过半个小时就可以来取了。

年轻人就离开了，往街上走。

年轻人心里正烦。年轻人大学毕业有一阵子了，始终找不到合适的工作。有人给介绍一份，年轻人嫌工资太低，而且给一个连高中都没有读过的老板打工，年轻人觉得有点那个。

年轻人找了不下二十份工作，都觉得不太满意，没有去做。他每天都注意看报纸上的用工信息，每天都出去联系，有时上门去毛遂自荐。结果，都没有谈成。

年轻人自然心里不是滋味。别的不用说，光鞋就走坏了两双。鞋走坏了可以修，往修鞋摊儿上一放就行了，可工作始终没有影子，这让年轻人很是心焦。

取鞋的时候，年轻人付了钱，正要走，修鞋人问，还没有找到工作？

年轻人一愣，说，没有。转身闷闷地走了。

不久，年轻人又去那儿修鞋，却先愣了一下。原来的修鞋摊儿不见了，被一间干干净净的小屋取代了。修鞋人坐在屋里，正捧着一份杂志看。

年轻人走进屋里看了看，放下鞋说，这小屋不错，你发财了。

街口这地段，金贵，能有一间屋，是许多人眼馋的事。

修鞋人说，夏天省得风吹日晒，冬天省得挨冻，享点福吧。

年轻人说，你把一个小小修鞋摊儿干大了，不简单。

修鞋人放下杂志，开始干活儿。

年轻人没有出去，拿起杂志看，竟是一份文学杂志。

年轻人问，你喜欢？

修鞋人说，喜欢。

转眼就修好了。修鞋人问，这么久了，应该找到工作了吧？

年轻人有点不高兴，觉得修鞋人多嘴。但他不好跟一个修鞋人发火。

年轻人没有说话。修鞋人真是多嘴了，在年轻人往外掏钱时，又说，这个小摊儿，我干了两年多，总算有一点模样了。我挺高兴的。

年轻人觉得修鞋人说的话是给自己听的，有挖苦人的味道。放钱时就把不满表现出来了，他没有放，而是扔。

修鞋人似乎看出来了，淡淡地笑一下。

年轻人再次来修鞋时，修鞋人放下杂志，请他先坐下，还倒了一杯水。年轻人就颇觉疑惑，不知道修鞋人为什么这样客气。

修鞋人说，我们是校友。

年轻人一惊，认真地看修鞋人，却想不起来在哪里见过这个人。

修鞋人说，你大学没毕业的时候，有一年寒假你到我这儿来修鞋，我见你戴着校徽，知道咱俩是一个大学的校友。

年轻人吃惊了，目不转睛地看着修鞋人。

修鞋人说，我毕业已经两年了。我高你两届，算是师兄了，我叫钉子。

年轻人似乎一下想起了什么，说，钉子，对了，是钉子。我在校报上见过这个名字。钉子就是你呀？你好像写了几首诗，发表在校报上。

修鞋人说，没错，钉子就是我。我挺喜欢文学的，觉得生活中如果有文学相伴，那感觉是不一样的。我毕业后没有找到合适的工作，也不能啥都不干呀，就干起了这个。我父亲是鞋厂的技师，摆弄鞋有一套，我学来了。

年轻人不解地看着修鞋人，心里觉得一个大学毕业生修鞋，咋想咋有点那个。

修鞋人开始干活儿。年轻人翻着杂志，竟看到了钉子的名字，杂志上登了他的一篇小说。年轻人一目十行地看了一遍，写的就是修鞋的事。

修完了，修鞋人说，鞋穿在脚上，所以鞋听脚的。我只会修鞋，不会告诉脚怎么走路，所以我和你说过的话，你可以不听，或者只当没听见。

年轻人拿出钱。

修鞋人说，这次不要钱了。

为什么？年轻人问。

不为什么。修鞋人答。

年轻人走出小屋，在门外站了好一阵，才慢慢离去。

小说以鞋为线索，围绕着修鞋的中心事件展开，讲述了发生在两个校友之间的故事。毕业于同一大学的两个人，却有着截然不同的人生观、价值观，追求不同的人生方向。文章中的“年轻人”，充当了绿叶，作为配角，把主人公——修鞋人的性格衬托得鲜明生动，光彩照人。两个人物，两种追求，两种人生态度，启迪读者思考：每个不同的个体，具有不同的性格，不同的追求，究竟什么样的人生才算成功？

点评者：叶敬芹，毕业于江苏师范大学文艺学专业，就职于宿迁市沭阳县梦溪中学，高级教师，多篇文学作品荣获全国性奖项。

思考题

1. 根据文本内容，分析修鞋人的性格特征。
2. 有人认为修鞋人是本文的主人公，有人认为年轻人是主人公，谈谈你的看法并说出理由。
3. 谈谈你对文章主旨的理解。

职业　曲线救国

能够坦然面对现实，并执着追逐自己的梦想，是每个年轻人成长的必经路。扫一扫二维码，获取《鞋》原文。

最后一个目标

@ 周国华

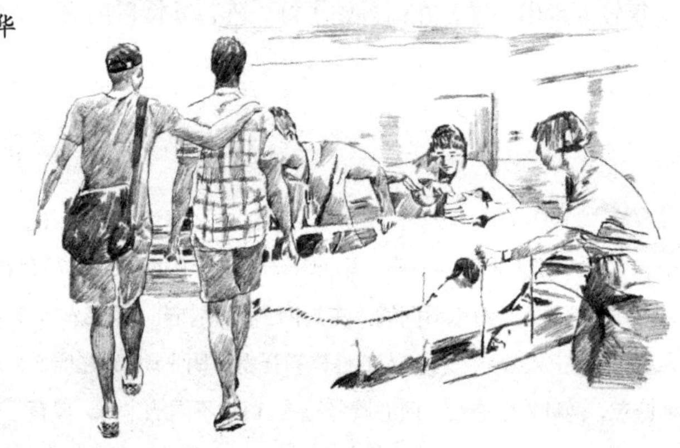

电话铃声响起，霍克医生拿起话筒接听，目光钉子般钉在桌上的笔记本上。

挂了电话后，医生左手握了握拳，右手拿起笔，在笔记本上用力写下了“293”三个数字，眯起眼看了很久，才点了点头：好，全了，刚好，感谢上帝。

过道里，医生皮鞋声咔咔作响，富有节奏。

手术室内，护士们忙碌地准备着。医生修了指甲，消了毒，把大家叫到一起，鞠了个躬：今天的手术对我很重要，拜托各位了。众人愣了愣后，齐声道：一定。

十多分钟后，遇车祸的年轻人被送了进来。大家看了看，都低下了头。

——瞳孔放大，呼吸停止……很明显，病人已经死亡！手术室内的温度好似刹那间降到冰点，人们泄气了。

有人想为年轻人盖上白布，霍克医生摆摆手，手持两块电极板，为他做电击除颤，几次下来，毫无起色。助手劝道：没用了。霍克医生一瞪眼：谁说的！

助手一愣。印象中，医生话不多，尽管刻板了点，但从不冲人发火。

医生放下工具，用双手为病人胸外按压。十几分钟过去，医生额头的汗水被擦拭了好几次，可年轻人依然没有血压。

看着老人手术帽外露出的白发，所有人的眼睛都湿润了。医生在小镇的这家医院工作几十年了，从未发生过医疗事故。曾经有大医院想高薪聘他，他没去，说等完成自己的一个心愿后再说。至于是什么心愿，他从未对人提起过。

助手抢过医生手里的活，大家轮流为年轻人除颤按压。半个多小时后，医生无奈地摆摆手：都尽力了，谢谢。

医生解下口罩，面色就似眼前的白布一般，眼眸中满是无奈和哀伤。

上帝啊，医生明天就要退休，为什么要对他如此残酷？众人默默叹息。

医生走出手术室，步履沉重而迟缓，仿佛双腿绑上了沙袋。回到办公室，他取出笔记本，沉思良久，找来红笔将刚才写的那三个数字圈住，随后缓缓写下几个字。

窗外，一只苍鹰无精打采地飞向不远处的丛林，头也不回。

那片丛林，医生再熟悉不过，那儿，埋葬着小镇的英雄弗兰克上校。

战争刚开始时，弗兰克的未婚妻死于入侵者的炮弹下。弗兰克医生放下手术刀，扛起了钢枪。历经数百场大小战役后，他成了令敌军胆寒的将领。侵略者一宣布投降，上校就捧着鲜花去告慰心上人，却被敌军卑鄙的狙击手夺走了生命。

弗兰克情侣安葬在小溪边，溪水清澈，长流不息。医生很喜欢去那边散散步，拔拔坟头的杂草，或静静地坐上一会儿，直到走不动的那一天。

退休后的第三年，医生躺在养老院里，再也无法下地。得知消息后，小镇几乎所有的人都赶来探望他，并劝他用药。医生淡淡地说：我的病，自己清楚，没必要浪费，这是上帝的安排。

医生的固执惊动了镇长。镇长亲自上门了解情况。在战后缺医少药的年代，医生主动来到这个不起眼的小镇，几十年来，医治病人就好像是他生活的全部内容。可当小镇想回报他时，他却拒绝了。人们突然间想起，甚至于他来自何方，也没一个人知道。

我已经决定了，请别让我带着遗憾去见上帝。医生对镇长说了很多，语调平静。走时，镇长心事重重。

没过几天，医生去世了。

医生的墓地选在一片树林里，和弗兰克情侣相距三百余米。在他标记的地方，人们挖出了一把锈迹斑斑的狙击枪。镇长派人把枪送到弗兰克上校纪念馆里。

医生的胸前，放着一张发黄的旧报纸，还有一本笔记本。旧报纸内，详细记述了弗兰克上校的牺牲经过；笔记本上，则记录着一长串数字和名字，那些都是医生从死亡线上救回来的重病患者，总共有 292 个。而第 293 个，竟赫然写着一个人的名字。

哈斯勒！当年打冷枪的，正是敌军王牌狙击手、号称“丛林之鹰”的哈斯勒！战争中，有 293 人死在他枪下，其中大多数是指挥官、反坦克手和机枪手。

这“幽灵”谁也没见过，也没有他的照片，战后不知所踪。

墓碑上，刻着“霍克医生之墓”几个大字，这是全镇人的意见。唯有这一点，他们没有遵从医生的遗愿。

人们说，在天堂，没有人需要知道战争何时结束，因为那儿，永远不会有战争。

点评

作者构思巧妙，善于选点展开，行文跌宕起伏，耐人寻味。小说多次设悬念，为什么写 293 这个数字？为什么在其他医生已放弃的时候，还尽力救病人？这个医生为什么愿意在这里工作这么多年？他与弗兰克上校有什么关系？在阅读的过程中，仿佛有一股力量牵引着读者。小说的结尾构思巧妙，人们在墓碑上刻的字，正是体现了此篇小说的艺术价值和人文价值。

点评者：农育蓉，中学语文高级教师。

思考题

1. 小说中多次提到“第 293 个”，有什么作用？
2. 小说中插入弗兰克及其未婚妻的内容，有什么作用？
3. 谈谈你对“人们说，在天堂，没有人需要知道战争何时结束，因为那儿，永远不会有战争”这句话的理解。

关键词

战争　和平　救助

借一个医生赎罪的故事，凸显了战争的残酷与对人性的摧残。扫一扫二维码，获取《最后一个目标》原文。

窑汉

@刘泷

路大理坐在窑前忙活。土窑从日军打进来开始歇窑，已废弃好几年。昨晚乍一启用，好像贫困潦倒的汉子肩上勒负了一辆重车，不是咳嗽就是喘，弱不禁风。

乌鸦乱飞，让暮色染上不祥的聒噪与恓惶。乌鸦、暮色和浓烟滚滚袭来，铜台沟的天空泛滥着污浊的气息。

窑前荒芜的空场，堆满他准备的一垛垛榛柴、一捆捆干草、一摞摞劈柴，还有几堆牛粪，一堆黑褐色的煤炭。窑塘里，烈焰熊熊、烟雾纵横，累累的砖坯高耸至窑口，接受着火舌灼热的烧制。

路大理有一千条理由拒绝烧制青砖。因为日军的枪炮声在村外一响，他们猫腰撅腚呼扇着猪耳朵一样的帽子在村里一转，他豢养的两匹雪青马就被粗暴地赶走了。他于是起誓发愿说，过日子，没有青砖不成，但日军来了，还过什么日子呀？这帮小个子不滚蛋，老子是不会烧窑的！

但儿子路小虎的一条理由就让他的一千条理由如同纸糊的大厦，在飓风中轰然坍塌。路小虎的理由是，有个姑娘答应当我新娘子，但人家要咱盖新房哩。

男大当婚，女大当嫁。他就这么一个快四十的儿子，儿子不娶媳妇，就得打光棍儿啦！

路大理是铜台沟乃至周围十里八村的窑汉，被誉为“窑把式”。他烧一窑砖，或烧一窑瓦，掐头去尾，满打满算，皆是十天。什么兑沙子，和泥、踹泥、醒泥，扣砖坯子，或上瓦轮盘；什么晒砖坯、瓦坯，码窑、烧窑，歇火、降温，出窑……当行则行当止则止，行云流水，一气呵成。

当然，窑汉的手艺在于烧窑时对火候的把控上。他会根据阴晴、光照、温度、湿度乃至柴火、炭火的状态，决定屯水与封窑、出窑时间。而且，每每出窑，无论砖瓦，其色泽、形体、软硬度，都是恰好，绝对没有欠火疲沓或过火焦化的现象发生。村里竟流行这样一句歇后语，路大理的砖瓦——正好！

终于，整整十天，一窑青砖烧制好了，一垛一垛码在山坡的平地上，上面缥缈着袅袅的青霭。远远看去，宛如一个个精致的积木，在春天紫蓝色的豌豆花中，肃立。

当天傍晚，正当路大理好酒好菜请人准备动工盖新房时，一溜日军的军车闯进铜台沟。日军和伪军荷枪实弹，胁迫着村里百姓，将新出窑的青砖，全部拉走了。

此时，偏偏路大理和那些工匠皆醉倒在火炕上，东倒西歪，力不能支。

翌日，路大理在土窑前的山坡上，一遍遍转圈。他红着眼睛、跳着脚，高声骂道，你抢我的青砖，去垒坟墓吧！

日军真的在铜台沟外的牛头沟门，竖起了一座青砖松木的坚固炮楼。

不久，路小虎竟然骑着一匹铁青色的骡子，一身玄色如锅底的军服，带领几个歪戴帽子打着绑腿的伪军，耀武扬威，回到了铜台沟。

他笑嘻嘻地对路大理说，爸，你烧的青砖，值！小虎我如今是牛头沟门炮楼的小队长啦！

路大理坐在木椅上问，这些都是你一手策划的，你把青砖给了日军？

路小虎很得意地说，是我！

路大理跳了起来，又坐了下去。他卷了一根喇叭口旱烟，用火镰点着，闷闷地说，你……你真是我的好儿子！

路小虎走了。路大理对着老伴喊，扫，把屋子、院子都给我扫一遍！

路大理的脸色整日阴着，黑云压城。

秋天，传来消息，三名从热河潜入锡伯河川的抗日武工队员在过炮楼时被捉，牺牲在炮楼里。

路大理大病了一场。他让老伴关闭大门，再不愿意在村里露面。

临近年关，路大理居然将土窑打扫一新，还将库存于仓房的砖坯搬运至窑前。别人问他，他说，烧砖，修坟！每个字都像铜豆子，硬邦邦。

烧砖的火是在除夕半夜燃起来的。当时，村子里的人纷纷出屋烧纸祭祖，蓦地看见路大理的土窑烈焰腾腾，烧红了半边天。

正月初一，他竟然将土窑封了。这次，一反常态，他不是屯水，而是用土，将整个土窑严严实实地封闭起来，后来，还在窑顶竖了一个坟头。

坟头凸起，他老伴的哭声也突兀地响起来。哭声呜呜，喑哑，像黄牛在抵着泥土哀号。

从此，村民再没见到路小虎。

从此，路大理再没烧过砖瓦。

点评

文章一开头，就渲染了一种凄凉与深沉的氛围。生活的贫苦与无力，让主人公及每一个人对日军生出了咬牙切齿的痛恨。“窑把式”路大理为了快四十岁儿子的终身大事，重新出山烧砖，他本色当行，出神入化的手艺，烧出“正好”的砖。路大理的儿子却带着荷枪实弹的日本人粗暴地拉走了所有砖瓦，并做了日军牛头沟门炮楼的小队长。路大理把愤怒埋在心里，除夕烧砖，初一封窑，把土窑严严实实地封成了一个坟头。路大理既埋葬了自己的烧砖手艺，也埋葬了对儿子的希望与情感，更把对敌人的恨深深地埋了进去。

点评者：李春暖，浙江省海宁市鹃湖学校教师，中学高级教师。

思考题

1.“乌鸦乱飞，让蓝色染上不祥的聒噪与恓惶”，联系上下文，为何说“不祥”？

2.路大理把土窑严严实实地封成了一个坟头的原因是什么？

3.文章结尾说，“从此，路大理再没烧过砖瓦”，结合全文内容，理解此句话的深刻含义。

关键词 **民族正气　爱憎分明　亲情**

生活在民族危亡时期的路大理、路小虎父子二人对待侵略者的态度截然不同，大义灭亲的路大理让人肃然起敬。扫一扫二维码，获取《窑汉》原文。

沉默

@金波

阿践求职，好几次都是败在“自信”上。因为没有工作经历，因为没有实践经验，阿践不敢直面主考官的“提问”，害怕答非所问，落得个“不懂装懂”的印象。然而，主考官却说：“看来，你缺乏自信心，自信心对一个员工的成长和发展是至关重要的哦。”从此，阿践就知道：想求职成功，就得有“自信心”。

为了培养自信心，阿践可没少看“培养自信心”的书。阿践得知，要表现出足够的自信心，首先要注意仪容、仪表。一个人如果打扮得光光鲜鲜的，就会变成一块大“磁场”，吸引无数眼球。在注目礼的熏陶下，人的腰杆儿一下子就挺直了，精神也随之焕发起来。所以，阿践再求职时，就专门去了美容院，不仅染了发，还修了眉、拔了毛、洗了牙，又高价租了一套西装穿在身上，新皮鞋刷得黑光油亮，在镜子前一站，美得连自己都不忍离去。直到不能再等了，这才去了主考官面前。主考官果然“刮目相看”，严肃的面孔马上灿烂起来，高兴地说：“请坐！请坐！”

“谢谢！”阿践落落大方地回答道。

主考官对面有一只沙发，但沙发太矮了，一坐就会低主考官一头，不利于建立自信心——阿践知道。阿践就选了一只高脚凳，一坐正好与主考官平头。阿践挺直腰板，眼光在主考官的眼睛和嘴唇之间滑动，静候他的提问。

主考官说：“好！你的表格我已看过了，基本情况已了解。现在，我只问你一个问题，你如何看待自己的优缺点？”

果然是一个棘手问题！因为优点谈多了，有自吹自擂之嫌，日后一工作就露了馅儿；缺点谈多了，又显得自轻自贱，妨碍主考官的取舍。不谈优缺点也不行，哪个人没有优缺点呢？说自己不知道有什么优缺点更不行，连自己都不了解的人，怎么去了解他人、了解企业？听说这个问题经常被主考官问起，但阿践却还是第一次遇到。阿践知道，主考官问这个问题的目的，就是想把你置于不利的境地，借以考察你的应变能力。

“关于这个问题，”阿践轻咳了一声，一本正经起来，心里却一个劲儿打鼓，“我个人的优缺点也许不够明显，但好学习、爱动脑、适应能力强、容易与周围的人和谐相处，这些方面还是被人认可的。如果在工作中发挥这个优点，我相信我能胜任一切。至于我的缺点嘛，肯定有！比如说，我在干一件事时老是忘了时间、忘记了吃饭，以至于女朋友骂我是一个不要命的家伙。可我在没有达到目的前，实在很难停止。这也许是一个缺点吧。”

这哪是在谈缺点，分明是在谈优点嘛。但阿践要的就是这个效果。

“至于别人认为我有点浮躁，我不知道这个评价是否正确，不管正确与否，我都应该注意，因为浮躁是年轻人的通病，不利于扎扎实实地工作，更不利于以后的成长和发展。现在我已经充分意识到这一点，并有信心很快战胜它。”

阿践对自己的回答很满意——不亢不卑、化贬为褒，充满了自信的力量。但他不知道主考官是否满意，就用眼光告诉主考官：回答完毕！

然而，主考官却没有说话，而是面带微笑，眼睛一眨不眨地盯着阿践。那眼光，像钉子、像刀子、像箭，又像惊叹号、问号、省略号……又似乎什么也不是！一分钟过去了，两分钟过去了，五分钟过去了，十分钟过去了，主考官仍然微笑地盯着阿践，嘴里一句话也没有。

开始，阿践也盯着主考官的眼睛，还一边给自己打气：坚持！坚持！一定要坚持住！但时间一久，眼光就不知不觉地滑了下来，心里还冒出了无数问号：主考官为什么沉默不语？难道我答错了吗？难道我太自负了吗？难道我太自夸了吗？难道我言过其实了吗？难道我冒犯主考官了吗？难道主考官在嘲笑我、暗骂我、讨厌我吗？……我的回答虽然有虚有实，但主考官是什么人？天天与求职者打交道，什么人没见过、什么鬼点子没领教过？你一撅屁股，他就知道……

汗，不知不觉地从阿践的衣服领下面渗出来，顺着脊背流下去。看来，刚才的表现可能适得其反啊！

阿践一慌乱，就低下了头，彻底低下了头。然后，阿践目光朝地，轻轻地说：“当然，我大学毕业不久，还没有工作经验，而且人又年轻，有时难免初生牛犊不怕虎，什么话都敢说，什么海口都敢夸，甚至说些言不由衷、言不副实的话。请你原谅，都是为了求职嘛。我实在被求职吓怕了，找工作太难太难了！”

“哈哈哈……”主考官突然大笑起来，打破了沉默的气氛。这笑声像春雷，打得阿践一激灵；又像一股冷风，吹得阿践起一身鸡皮疙瘩。阿践大吃一惊，不知主考官卖的是什么关子。“年轻人，你的前半部分回答得很好，有技巧，有分量，充满自信，让人很是欣赏。可是，在我沉默之后，你为什么又说了那么多废话呢？”

阿践猛然抬起头，轻轻地说了声：“啊？”

“你很了解自信心的价值，千方百计地让自己自信起来。可是，自信不是装出来的，而是从心底里流露出来的。心虚的人是产生不了自信的。你说呢？”说完，主考官起来走了。

“天啊——”阿践禁不住长叹一声。

点评 沉默就是考核，此时无声胜有声。人的自信不是装出来的，而是从心底流出来的。主人公阿践在求职面对主考官的关键时候还是没能沉住气，把心虚胆怯再一次淋漓尽致地流露出来，真是功败垂成，令人惋惜。小说对人物的语言、动作、心理描写生动，刻画逼真。人物形象栩栩如生，如在眼前。另外，小说在情节上采取了“欲抑先扬”的辩证手法，达到了出人意料的新奇效果。

点评者：郭军平，全国十佳教师作家，中高考热点作家，渭南师范学院继续教育学院“国培计划”授课专家。

1．分析小说主人公阿践是怎样一个人？

2．小说中的主考官是怎样一个人？

3．小说在情节上采取了“欲抑先扬”的辨证手法，具体谈谈该手法的妙处。

自信　失败

自信是不能伪装的，只有真正相信自己的能力，才能在面试时游刃有余。扫一扫二维码，获取《沉默》原文。

其实很简单

@戴 希

“抓强盗——抓强盗啊……”女人歇斯底里地叫喊着。

光天化日下，一个歹徒正在抢劫，旁若无人；被抢的女人拼命抱紧自己的坤包，死活不放。

大街上人来人往。有的视而不见，有的驻足远观，有的且看且退，谁也不敢制止歹徒行劫。不仅不敢制止，连呵斥一声的举动也没有；不仅不敢呵斥，就是悄悄用手机报个警也无人肯试。

沉默，好一阵可怕的沉默。

沉默过后，有个戴着眼镜、弱不禁风的小伙忽然一声怒吼，像狼一般冲向歹徒。

歹徒大惊，立即掏出一把尖刀，目眦尽裂地瞪着小伙：“狗咬耗子是吧？再不识趣老子捅了你！”

小伙愣怔一下，仍然像狼一般猛扑上去。

很快，小伙摇摇晃晃，蹲了下去；但片刻，又咬紧牙关站立起来。虽然被锋利的尖刀刺中下腹，但小伙强忍剧痛，没有倒下。他一手紧紧抓住刀柄，不让尖刀深入；一手像钳子，死死钳住歹徒的手腕不放。

女人趁机挣脱，嗷嗷大叫，挥拳砸向歹徒。

歹徒的脸红一阵白一阵，一时不知所措。

众人被小伙的英雄壮举深深感染，群情激愤，一窝蜂地射向歹徒，七手八脚，将歹徒摁倒在地。

有人赶紧掏出手机报警。

警车风驰电掣般地赶到，迅速给歹徒戴上了手铐。

人们小心扶住小伙，送上警车。

“儿子，我的儿子！”听到小伙吃力地呻吟，人们才发现小伙的身旁还站着个小男孩。小男孩五六岁的样子，被刚才惊心动魄的一幕吓呆了。

警车一路鸣笛，将小伙送到医院。

幸亏没有刺中要害。几天后，小伙的伤情得到缓解。

有关部门要给小伙评见义勇为奖，消息传来，小伙所在的单位竟炸开了锅。

“他可是我们单位最胆小怕事的人啊！”

“平常谨小慎微得不敢踩死一只蚂蚁！”

“说歹徒不费吹灰之力抢劫了他，我们还信！他会赤手空拳与扬着凶器的歹徒搏斗？太邪！”

这样的议论传出，记者深感蹊跷。

“当时，那么多人鱼不动、水不跳的，你一个文弱书生，何来胆量挺身而出？特别令人震惊的是，面对歹徒凶狠的尖刀，你为什么还敢奋勇向前？”记者找到病榻上的小伙，好奇地探问。

小伙犹豫道：“你是想听真话，还是……”

“当然想听真话！”

“那好，只是我的话你千万不要对外报道。”小伙的脸上飞过一朵红云。

记者认真地点点头。

“当时，我的儿子憋不住拽了一下我的手。‘爸，抓歹徒、抓歹徒呀！’我的儿子才六岁，还是稚气未脱的小毛孩，我堂堂一个大男人，总不能在他面前装孬种，让他都瞧不起吧？”

记者一愣：“就这一点？”

“对，就这一点！”

点评 世上有些事本来很简单，但有时却让人们弄得很复杂。这篇微型小说通过一个片段故事给我们揭示了这个道理。小说在讲述故事时很有现场感，把歹徒抢劫，女人大喊，众人麻木观看无动于衷，小伙勇猛冲上前去阻挡，歹徒用刀刺伤小伙的场景描写得非常逼真，情节引人入胜。结尾突破了传统的表现英雄的手段，而是奇峰陡出，以一个让人想不到的、简单的原因揭破事因，让人回味无穷。

点评者：郭军平，全国十佳教师作家，中高考热点作家，渭南师范学院继续教育学院“国培计划”授课专家。

1. 题目“其实很简单”能否换成“真话”？为什么？
2. 分析小说中小伙的形象。
3. 小说情节设计妙在哪里？

正义

只要有人挺身而出，见义勇为这种正能量就能得到传递，良好的社会风气就能形成。扫一扫二维码，获取《其实很简单》原文。

儿子考上北大

@唐波清

今年儿子高考，他费了九牛二虎之力，总算挤上了本科线。

在填报志愿之后的一个星期左右，我突然接到一个电话，那头的人自称是某某大学的招生办人员。我的心跳猛地加快，激动不已，异常热情地接听电话。

招生办人员热心地询问："您的孩子高考成绩怎么样？如果考得不理想的话，我们学校开办了专升本连读……"我果断地挂了电话。

第二天上午，我又接到另一个电话，还是自称某某大学的招生办人员。这回，我的心情平静了不少。

电话那头的招生办人员，依然热心地询问我儿子的高考情况："您的孩子高考成绩怎么样？如果考得不理想的话，我们学校开办了专升本连读……"

后来，我每天至少要接到五个以上这样的招生电话。于是，我的心情变得烦躁起来，如同这屋外燥热的天，甚至，我只要见到有外地来电，要么就直接挂掉，要么就赶快关机。

见我一副郁闷至极的样子，善解人意的老婆亮出了高招："一句话的事儿，我告诉你，你就说'我儿子考上了北大'，保证他们不会再纠缠你了。"

说曹操，曹操就到。这时手机刺耳地响了起来，外地座机，肯定是招生的骚扰电话。这回，我来了个先发制人，说："我儿子考上了北大。"

电话那头的人似乎有些遗憾，说："哦。对不起，打扰了。"

就这样，我每天对着手机，重复说着这句话："我儿子考上了北大。"

你别说，效果还真好。每次接到这样的电话，我这么一说，对方不是说"对不起"，就是"打扰了"。人的思想真是捉摸不透，我似乎不再讨厌这些招生电话，心里突然多了一些征服感，甚至有一些兴奋。

我想着想着，手机上又打进一个电话，号码显示的是北京。我拿起手机，习惯性地说："我儿子考上了北大。"不等也不让对方回话，我就自然而潇洒地按下手机关闭键。

一天晚上，我漫不经心地调着本地的电视频道，猛然发现电视屏幕上，跳出两行红色的字："热烈祝贺外甥某某被北京大学光荣录取。舅舅某某特点播电视剧《忠勇小状元》的片头曲，以飨观众。"

不看不打紧，一看吓一跳，这不是我儿子的名字吗？那不是儿子他舅舅的名字吗？这到底咋回事？我瞬间被弄蒙了，脑子里完全一片空白。

还是老婆沉着冷静，马上拨通了儿子他舅舅的电话："你听谁说的你外甥考上了北京大学？你还莽撞地在电视台点了歌！这回，咱家的脸可丢大了！”

舅舅远在北京工作，他委屈地解释着："前几天，我打姐夫的手机，姐夫亲口告诉我的，那还有假？”

我抢过老婆的手机，疑惑地问儿子他舅舅："这几天，我也没接到过你的来电呀？你的手机号我存下来的，这不可能有错啊！”

舅舅似乎想起了啥，说："哦，那天我用的是办公室的座机。我还在纳闷呢！你那天激动得只说了一句话就挂机了。我想这也难怪，考上了北大，搁谁谁激动。"

《忠勇小状元》的主题曲播出以后，单位上下、小区内外、亲朋好友，见面就和我握手，个个喊恭喜，人人送祝贺。我只好也只能尴尬又僵硬地笑着、应付着。

就这样，儿子“被”我稀里糊涂地“考”上了北大。

点评

我们的日常生活中总是充满了大大小小的烦恼。文中，儿子高考刚过本科线，父亲为了避免招生办的电话骚扰，对打来的电话一律用“我儿子考上了北大”来回绝，看似问题暂时得到解决，却不想父亲错误回复儿子舅舅的一个电话，引起了一场小小的风波！让人不禁哂笑。然而，在笑的同时，也忍不住反思一下，在生活中我们是不是也常用些小手段想省掉一些小麻烦，却无意间给自己招来了更多的麻烦呢？

点评者：张莉娟，湖北省孝感市孝南区陡岗中心小学语文教师，湖北省作家协会会员，出版文学作品集两部。

思考题

1. 文中“我”为何要说“我儿子考上了北大”？
2. 文中，一句“我儿子考上了北大”引起了怎样的风波？
3. 文中最后“我”尴尬又僵硬地笑着，试分析“我”此时的内心活动。

关键词 **尴尬　弄巧成拙**

用错误的方式解决问题，往往会弄巧成拙。扫一扫二维码，获取《儿子考上北大》原文。

匠人的追求

@郑玉超

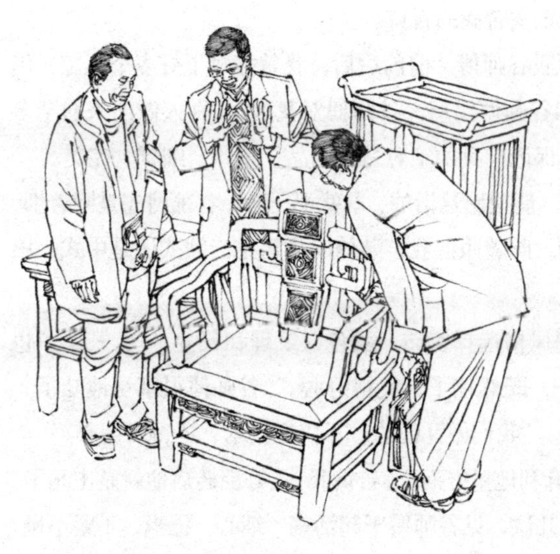

“大家都说我技术好，像个专家，可我从不骄傲。咱就该低调做事，用心干活。”谷师傅一脸谦逊地对我说。

谷师傅是经过我精挑细选，好不容易淘出来的。他西装革履，头发梳得溜顺一律往后倒，不像别的师傅土头土脸，满面尘灰。想来做出的活儿定也别具一格，与众不同。

他主动加了我的微信，我看到他的微信署名：做一个有追求的匠人。别的师傅自称瓦工，可谷师傅就不一样了，他管自己叫瓦匠；他告诉我，自己最看不得得过且过、毫无追求的男人，干了一辈子，最后只能混个小工。

谷师傅谈起装潢来口吐莲花，很多新词我闻所未闻，什么全景墙，室内造景，瓷砖地板起承转合，听得我一愣一愣的。对于讲究情趣和格调的我来说，他很适合我的胃口。

我打心底里佩服谷师傅。前前后后，我曾接触了好多个瓦工，但我敢说，无人能和谷师傅比肩。谷师傅对我说：“别人做出来的至多是产品，可我向你保证，我的绝对是艺术品，精致，细腻，完美。”

这一点，我信。能说出这话的，本就不一般。谷师傅先是叼着烟，在房子里转上三圈，眯着眼问我，装修啥样风格，欧式还是中式，田园还是古典。

他说，得根据风格选择瓷砖，颜色、纹理和尺寸。“人一辈子也许只拥有一套房子，既然住了，就得舒心。”谷师傅很享受地吐了一个相当完美的烟圈，“我们做瓦匠的，不仅靠技术，还得讲良心。”

然后，谷师傅麻利地量好面积，告诉我，买好瓷砖后他就是主角了。贴瓷砖时，我去过几次，见谷师傅干起活来，细心，稳当，不紧不慢。他依旧西装革履，依旧头发溜光，依旧一尘不染，全身上下，很利索很精神。

时间也超出了我的想象，按我的预判要五天做完的活儿，结果三天半就完工了。我看着谷师傅巧手做出的艺术品，比起毛坯房不知好出多少倍，我很满意。

接过工钱后，谷师傅问我，家里物色好木匠没有。他说他要为我介绍一个，手艺杠杠的，可不是简单的木工，而是有追求的匠人。我很爽快地答应了。谷师傅介绍的木匠也姓谷，干起活来快枪手，书桌、木床和电视柜等没用多久，就完美呈现在我的面前。

房子装潢好后，我迫不及待入住其中。当我到阳台开窗通风时，稍一用力，哗啦一下，几块墙砖无牵无挂，告别墙体。幸好我眼疾手快，揽之入怀才没摔碎。我瞅着那墙壁，涂抹的水泥很不均匀，有的地方还是个洞洞。

望着墙壁，那上面处处是谷师傅的艺术品，我生怕一不小心，会内阁解体、集体辞职。于是，我忙联系承诺终身保修的谷师傅，好多次“马上去马上去”后，他终于姗姗而来。

又过了段日子，我发现浴室里的地砖跷跷板般，脚踩上去，与人共舞。再联系谷师傅，他果断地挂掉，再拨打，一声忙音后显示空号。发微信，结果显示需要对方验证加为好友。

我奔之前淘他的工人市场，他不在。向别的工人打探，立马围上来一大圈人，大家七嘴八舌。有的笑着说，好久不见谷大师了，这段日子有不少人来找他返工；有的打趣道，恐怕谷师傅又有新追求了，兴许改行做木匠了。这时，有人插言道，这倒很有可能，听说谷大师还有一个做木工的兄弟。我一阵心慌。

边上一个修自行车的师傅搭话道，看他穿的那样子，尘土不沾，头发溜光能滑倒苍蝇，哪像一个做瓦工的呢？倒像是一个光指挥、不干活的包工头儿。

听得我目瞪口呆。

回家后，挨了妻子训的我气不打一处来，一拳击向书桌，谁承想，“咔嚓”一声响，一根桌腿断了。

点 评

西装革履，头发梳得溜顺，自称“做一个有追求的匠人”的谷师傅，以不俗的“大师”气度，彻底征服了我，让我心甘情愿地听他摆布。结果，随着墙砖的掉落、桌腿的折断，一个“大师”的形象很快就破碎一地。让人后怕的是，还有许多这样不学无术但善于包装的“伪大师”，正在各个领域招摇撞骗，继续危害社会……

点评者：方斯文，湖北省孝感市孝南区实验二小语文教师，孝感市作家协会会员。

思考题

1. 谷师傅的微信署名是“做一个有追求的匠人”，他追求的是什么呢？
2. 谷师傅善于包装，请从文章中找出他是怎样包装自己的？
3. 结尾处，“我”一拳击断桌腿，这样写的用意是什么？

关键词 **欺骗　虚有其表**

不做好调查研究，轻易相信他人，最终吃亏的只有自己。扫一扫二维码，获取《匠人的追求》原文。

诬告

@孙春平

总公司决定去特区开办一个分公司，要选调一批精兵强将。消息传开，总公司里就沸成了一锅水。且不说去特区在总公司照领一份工资，那边另有一份可观的补助，单说待分公司扎下脚跟打开局面，连家属都可能带过去。这条件就像在大漠里长途跋涉的人突见了熟透了的沙瓤西瓜，实在太诱惑人啦！

连日来，郭一民进了家门，妻子就盯牢了他的脸。郭一民是老实人，脸就是晴雨表，单位里的遂意不遂意都写在眉眼之间。可她忍不住，还是要问："还没戏？"

"啥戏呀？看别人演吧。"

"名单不是还没公布吗？"

“有几个人已经让交接工作了。”

“都谁呀？”

郭一民便说了张三李四王五，他是专挑妻子知道的人说的。那几个人每人的故事，都能写出一本挺畅销的书。

妻子撇嘴：“就那几头蒜啊？”

“领导已经在非正式场合解释了，说我们派人是去特区打开局面，不是选派进党校进修的干部，要以一当十，全面攻关。”

“打局面为啥不派你去？你得过省科技进步奖，你是公司里的技术骨干。你们公司过年时把我们这些骨干分子的家属请去喝庆功酒，总经理口口声声说，公司里若是再多几个郭一民，就腾飞有日了。哼，闹了半天说这话是逗人玩呀！”

郭一民苦笑，不再说什么。妻子却不甘心：“你就不能再找头头谈谈？或者……咱们也豁出一回，去你们头头家串个门？”

“我丢不起那个人！”郭一民赌气了。

一顿饭吃得没滋没味，一宿觉也睡得没声没色。妻子在纺织厂管文件，档案室的门早就和厂里的大门一块儿挂了锁，家里的开销已全指靠他一人的工资了。她把去特区的事看得比郭一民重得多，特区补贴那一块就可顶上工资了。

又过了两天，郭一民没到下班时间就回了家，进了屋就坐在一旁发呆。妻子在他脸上好一番扫描，竟也没观察出喜怒哀乐，便问：“你今儿是咋啦？”

“去特区的最后几个人定下来了。”

“还没你？”

“没我能这么早回家来？叫我抓紧准备，后天就启程呢。”

妻子陡然惊喜，竟小姑娘似的在地上蹦了一蹦："那你还发什么呆？喜事，喜事呀！今儿咱得喝两盅！"

郭一民仍发呆，垂着头搓两只手，搓得专心致志，不知在想什么。

"咋，老夫老妻的，还恋着家舍不得走啊？"

"你可得……有点精神准备，我听说，有人投了我的……匿名信……"

妻子眨眨眼，问："告你啥？"

"说我……有男女关系问题，进歌厅泡小姐，还……把一个女的带到家里来了……"

妻子怔怔神，又撇嘴："就这个呀？"

"这还咋？好说不好听，我可……真不是那样的人。"

"是又咋，"妻子竟还是笑，"反正这回和张三李四一块儿去了特区，老鸹落在猪身上，谁也别说谁黑了。"

"你咋这样说？"郭一民奇怪了。

"要不我咋说？你放心，要是有人把话往我这儿捎，我有百样的话应对他。"

"你说啥？"

"说明我男人有魅力呀。男性荷尔蒙旺盛，不乏进取之心呀！克林顿还有桃色新闻呢，可人家照当美国总统。一本正经的人倒不少，可谁选他当总统啊？"

"你看你，还真是信了那样的话！"

"谁说我信了？我都窝在家里好几年了，白天晚上除了买菜不出门，男人带没带别的女人来家我还不知道啊？"妻子终于忍不住，说，"你也别太把那匿名信当回事。你们头儿当初为啥迟迟地定不下来派你去特区？跟张三李四们比一比，还不就是嫌你太老实本分了。老实眼下叫啥？叫窝囊。本分又叫啥？叫保守。我也跟你来个实话实说，那封信……是我写的。”

“你？”郭一民大惊，瞪圆了一双眼，突然将酒杯重重地往地下一摔，摔门而去了。

点评

总公司决定去特区开办一个分公司，要选调一批精兵强将。技术精湛，工作踏实的主人公郭一民一直没能入选，被确定的人都是工作能力不如郭一民的人。妻子让郭一民到领导家“活动”，遭其抵制。妻子只好剑走偏锋，写诬告信，污其品行，却歪打正着，得偿心愿。好作者擅长挖坑，一步一步引人进入设置好的“文井”中。文章中悬念的设置，步步深入的写法，值得同学们在写作中借鉴。

点评者：丁丽，笔名非花非雾，中国作家协会会员，中学高级教师，从事语文教学 28 年。

1. 被领导确定去特区打头阵的人，领导是怎么评价的，妻子是怎么评价的？你认为领导的决策正确吗？为什么？

2. 文中有许多细节描写，你从哪个细节开始推测出匿名信是妻子写的？再举一例细节描写，谈谈它在文中的作用。

3. 妻子为什么写诬告信？你认为她的做法正确吗？谈谈你的理由。

精兵强将

一个老实本分的员工，为何会突然被诬告？扫一扫二维码，获取《诬告》原文。

平衡

@陈国凡

拎着几条刚钓来的鱼儿，我一路哼着小调，兴冲冲地往家赶。今天星期天，休息。老婆带孩子回了她乡下的娘家，我难得落个轻闲自在。我早计划好了，晚餐自己弄个鱼煲，再叫上几位朋友，好好聚聚，美美地享受一顿。

咦，怪了？怎么钥匙不见了？我翻遍各个口袋，也找不到自家的钥匙。正窝火着，对门的小王探出了头："回来了？找不到钥匙了吧？嘿嘿……"

他怎么知道我丢了钥匙？正疑惑间，小王老婆手拿一串钥匙从房里走了出来，笑着对我说："早上出门，见这串钥匙插在门上，我想许是你走得匆忙，忘了，就先给你放着了。现在该完璧归赵了！要是被陌生人拿去，可就麻烦大了。"我连说谢谢，接过钥匙，进了屋。

我和小王一家虽然住对门有些年头了，可平时只是点头之交，彼此并不了解，我甚至连他们具体在哪个单位上班都不清楚。

他们该不会进过我家了吧？一想到这点，我就紧张起来，急忙把整个屋子查了个遍，见啥也没丢，东西摆放的位置也丝毫没动过，但我早已没了做鱼煲的念头。

老婆回来听我说了这事，人都蹦了起来："这还得了！说不定我们的钥匙他们已经拿去配了。我们要不在，他们可以随便进出啊。你呀你，我一不在，你就到外面自个快活！这下出事了吧！"老婆又数落起我来了，可我连跟她计较的心思都没了，谁叫自己这么粗心呢？他们手里有了钥匙，那我家不就成他的家了吗？那咋办？我问老婆。"咋办？还用说吗？换把新锁呗。"老婆斩钉截铁地说道。"锁又没坏，干吗要换啊？再说，就为这事换锁，不好吧，他们会怎么看我们？会伤了两家和气的。"我说。

"有什么不好的，难道要等到他们把我们家的东西搬空才好啊？真是的。你要不想换，我来换。"老婆的破嗓门喊得很响，我真担心被人听到。这时，门响了。我开了门，是小王。

"有事吗？"我问。刚说完，我就只想掴自己下，废话，没事，敲你家门干吗？记忆中，小王没事来敲门，一次也没有过。小王显得有些尴尬，吞吞吐吐地说："就是我……我老婆，她……她要我来跟你们说个事。"见我老婆也在，小王说："嫂子也在啊，那最好了。"

老婆只好说："要不，你进来说话？""不了不了。"小王摆了摆手，"不了不了，就几句话，我说完就走。我老婆她要你们换把新锁。"小王憋足了劲儿，终于说出了一句囫囵话。

呵，倒是他们先来说了，真个没想到。我和老婆面面相觑。"我老婆说，换了好，省得你们怀疑我们什么的。”话音未完，小王已转身，疾步进了屋子，身后传来“嘭”的一声，是关门声。

我和老婆对视了一下，不约而同地捂着嘴巴，笑了！可是晚上睡觉时，老婆又提出了一个问题：“两家的锁都好好的，凭什么要我家白白花钱去换新锁啊？”

第二天，我正在换锁，小王走出屋子，手拿一把新锁。我好生纳闷，隔墙有耳？问小王：“你家也要换锁？那锁不好好的吗？”

“你家这锁不也好好的吗？我老婆说了，我家也换，换了好，省得嫂子心里不平衡。”

我呆住了，半天说不出话来。老婆听了这话，心里更不平衡了，这话啥意思？

小王急中生智：“不瞒你说，我老婆也曾把钥匙插在门上大半天，回家后才发现。”

呵！两家四口齐声发出了和气平衡的笑……

"锁"是小说的线索，所有故事情节都围绕"锁"展开，"锁"阻隔了人与人之间的友情与信任。小说运用以小见大的写作手法，表面写反映邻里关系的生活琐事，实则揭示社会信任危机，主题鲜明突出。巧妙的构思，自然简练的语言，悬念丛生，一波三折，使文章读起来新颖奇特极具吸引力。细腻的心理描写是本文的一大亮点。"我"丢了钥匙，邻居送来后，"我"和妻子的怀疑与担心；邻居提出让我们换锁，"我"和妻子的诧异与不平衡；最后两家都换了锁，"我"和妻子的高兴与心理平衡，将人物的性格特点勾勒得一览无余，生动传神。

点评人：张建中，河南省汝阳县直属初级中学教师，中学语文高级教师，从教 30 余载，教学经验丰富。被评为市骨干教师、语文学科带头人。

1. 简析第 4 段在内容和结构上分别有什么作用。

2. 请分析文中两处"笑"所折射出的不同心理：

(1) 我和老婆对视了一下，不约而同地捂着嘴巴，笑了！

(2) 呵！两家四口齐声发出了和气平衡的笑……

3. 说说小说以"平衡"为题的好处。

邻里关系　信任危机

都说远亲不如近邻，可现在，一把锁都能折射出邻里关系中的信任危机。扫一扫二维码，获取《平衡》原文。

攒点力气去寻死

@刘正权

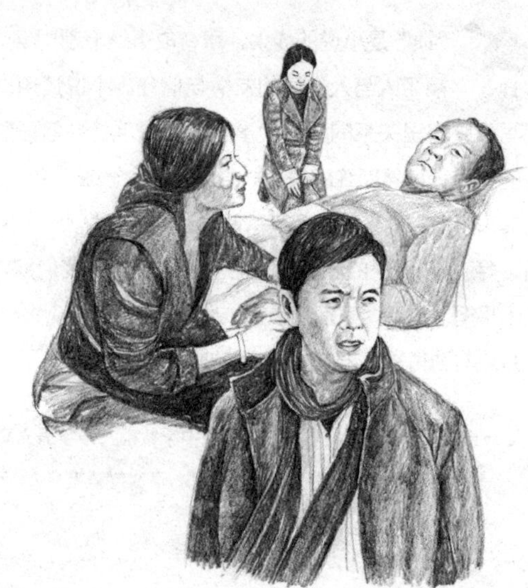

零点时，电话准时响了。

手机调的是振动，秦嫂探起身子，看对面病床，不是那有一搭没一搭的微弱呼吸，病房里可以用死一般沉寂来形容。

偏就不死，这老爷子。

跟阎王较劲呢这是！主治医师晚上查完房，在外面冲秦嫂摊手自嘲说，老爷子多活一天，主治医师就被多打一天脸，根据他的经验判断，这老爷子根本活不过上月底，孰料，都月头到月中了。

才不是，秦嫂气鼓鼓地说，老爷子是跟自己较劲呢。

请她当护工时说得明明白白的，就一个月，月满她走人。

眼下，月满了，她人却走不开，老爷子的子女一个都不在医院陪护，秦嫂甩不开手，也狠不下心。

只能在电话里发泄不满了。

还是那样？

不那样能哪样，一口气悠得长长的。

那是悠谁呢？

要悠死我呗。秦嫂没好气地挂了电话。

老爷子的儿女每晚轮番给秦嫂打电话，语气中很是尽孝道，用最贵的药，请最好的陪护，钱不是问题。

有钱人，忙的都是钱的事。

秦嫂没钱，忙的更是钱的事。

当护工钱多，她这种轻车熟路会伺候瘫子的护工不多。

老爷子的病多且杂，每一种都足以致命，古怪就古怪在这儿，这么多的病同时发作，居然就只是垂死，一口气悠着，让素以铁嘴著称的主治医师脸面全无。

秦嫂不要脸面，她要的是兑现跟男人的承诺，说好做一个月回去的，却拖了又十天，算怎么回事。

病房没开灯，秦嫂摸索着回到床前，刚要躺下，病床那边呼吸加重了，秦嫂眼睛一亮，赶紧开灯，扑过去。

意料中的老爷子并没眼睛翻白，相反，浑浊的眼球有了神采，老爷子嘴巴吧嗒着，饿，我饿！

秦嫂手忙脚乱冲营养米糊，心里盘算着，回光返照，肯定是。

老一辈讲究，人死之前会有一阵特别清醒的时光，以容交代后事什么的。

营养米糊吃了小半碗，老爷子有了气力，声音虽然还小，却不是断断续续的，以后，你每晚零点，给我冲营养米糊，半碗。

秦嫂奇怪，为啥每晚零点？

马无夜草，不肥呗！老爷子竟然还有心事说这话，我得靠，这营养米糊攒点力气。

秦嫂不以为然，都这样了，攒点力气有啥用，挪得动身子还是迈得开步？

我攒点力气寻死，不行啊！老爷子忽然发了怒，喉咙一喘一喘的。

攒点力气寻死？秦嫂好笑，躺在医院有人看护着有药物保养着顺顺当当体体面面死去，多美的事。

美的是他们，老爷子摇头，他们那点算盘，当我不知道？我死了，他们名誉多好听，花了大价钱请专人陪护，那孝心，一般人做得到吗？

秦嫂承认，这孝心一般人真的做不到，如果不是给这么多钱，秦嫂怎么拔得开脚步来陪护。

我可不想让不相干的人给我送终！老爷子头一偏，说你睡去，一时半会儿我死不了，等我攒点力气再自己寻死。

完了闭目养神，那呼吸，竟一长一短，非常平稳。

呼吸不平稳的，倒是秦嫂，怎么都没能睡踏实，呼吸要么长，要么短，要么急促，要么悠长。攒点力气寻死，老爷子这是闹哪出？

只有被忤逆的老人，才会自寻死路，好端端的，谁不愿多看两眼世界，老爷子是想让世人戳儿女的脊梁骨呢。

戳吧，把脊梁骨戳穿才好，当人有钱就可以任性啊。

秦嫂不睡了，决定也任性一回。

谁说穷人不能任性的，不就是十天的钱，不要总行吧，一念及此，秦嫂掏出手机，准备回拨过去，走人。

还没按键，手机呜呜振动起来，没任何征兆，秦嫂吓一跳，习惯性按下接听，那边声音很急促，妈，爸爸寻了短见！

秦嫂眼前一黑，临走前一幕清晰再现在脑海。

高位截肢躺床上几十年的男人说，你给我床头屋梁绑根绳子，我身子骨睡疼了可以拉着绳子坐起来，免得生褥疮。

秦嫂说就一个月，那么巧就生褥疮了，等我挣这笔大钱回来给你买个电动轮椅，你该出去晒晒太阳，看看世界了。

该死的，怎么就答应他给绑了绳子，他可是有力气寻死的人啊！秦嫂眼里攒了几十年的泪一下子漫了出来。

点评

小说开头用老爷子的情况作为引子，“死一般沉寂”和“偏就不死”前后两句，用“死”字串联了起来，结尾是意想不到的情节。真正“有力气去寻死的”是秦嫂的老公。情节的巧妙转换，给行文造成跌宕起伏的效果。小说语言精练，意蕴深远，给人以启迪。

点评人：党文锦，一级教师，河南省汝南县教师笔会理事，江苏省泗阳县作家协会会员。

思考题

1. 文章开头的环境描写有何作用？

2. 小说中护工秦嫂的形象真实而复杂，从“甩不开手，也狠不下心”来分析其人物形象。

3. 小说为什么以秦嫂男人寻短见为结尾？

关键词　**感恩　任性**

痴心父母古来多，孝顺儿孙谁见了。扫一扫二维码，获取《攒点力气去寻死》原文。

最后一只红富士

@ 黄建国

果园里摘完了苹果。摘完苹果的果园就很萧条了，仿佛被挖掉眼珠子的人脸，看上去怪模怪样，不像个果园了。晚秋的风已有些凌厉，把乱糟糟的树叶拍打得哗哗作响。

果园主人韩保库中午把剩下的一堆苹果甩卖给果汁厂，转身向前来催账的村主任马堂交清某项收费款，此后他一头扎进房间里，关上门，一直没有出来。几次曾有人在地头伸长脖子大声喊他，都没什么反应，倒是卧在树下的狗汪汪应了两声。

傍晚时分，韩保库从房间里钻了出来，先眯眼看了看将要沉落的太阳，然后沿着园中小路走来走去，似乎在巡视他的果树。他在前面摇摇晃晃地走，狗跟在后面，疑惑地走走停停。“垃圾！”韩保库说，“全是狗屎！”韩保库说，“简直狗屎不如！”韩保库说。他说这后一句时声音很大，把狗吓了一跳。

后来，韩保库就看见了那只苹果。

他看见一棵红富士果树顶上还有一只苹果，亮亮的，在树叶中隐约闪现。可以断定，这是果园里的最后一只苹果。韩保库仰脸打量了一阵子，扭头对狗说："树上还有一只苹果哩。"他指给狗看，但狗很茫然，几乎没有理睬。韩保库弯腰捡一块土坷垃，瞄了瞄，扔出去。土坷垃砸在另一条树枝上，碰碎了。他低头想寻找一粒石子，可他的果园太像个果园了，连一小块瓦片都寻不见。韩保库脱下一只鞋，朝手心吐点唾沫，照准苹果甩上去。还是落空了。韩保库便"咿呀"一声，往后缩一缩，突然纵身一跃，蹿上了树杈。那只红富士苹果挂在一条指向天空的树枝上，被夕阳一照，如同一只耀眼的红灯笼，在他眼前晃荡。他伸手摸了一下，又摸了一下，然后他把它攥住，揉了揉，然后，拧了下来。

这是一只很漂亮的红富士苹果，韩保库把它托在掌心，仔细端详。他弄不明白，三亩果园怎么会偏偏遗漏掉这么好的一只苹果呢。

"红富士。"韩保库说。他想起八年前在保当村买这批树苗时，每棵国光苗十块钱，他觉得太贵，趁人不注意，临走的一刻闪电般从另一捆树苗中多抽了一根，大概就是这棵树了。他记得树干上画了两道红杠杠，是红富士的标记。那时，他万没有料到八年之后，遍地麦田变果园，苹果如粪土一般不值几个钱了。

现在，韩保库凝视这只苹果，他拿不定主意，是该留作纪念，还是该吃了它。那条狗歪着头，瞧着看苹果的他。在狗的眼里，韩保库这么认真看一只苹果的样子，是它以前从来没有见过的。"吃了它。"韩保库说，"吃了就干净了。"于是，他咔嚓咬了一口，嘴角流出一股苹果汁。他发现狗在看他，忽然觉得应该给狗也吃一口。“来，你守果园守了六年，应该给你吃一口最后的一只苹果。”

然而狗是不吃苹果的，它把脸摆向一边。

韩保库不满意狗的态度，瞪起眼睛说：“我务果园务了八年，你应该吃一口，不吃就不对了。”

狗根本不看苹果，把脸又拧到另一边。

韩保库再次“咿呀”一声，在狗脸上扇了一把，说：“你不吃？你竟敢不吃？”他揪住狗耳朵，把苹果硬往狗嘴里塞。这一招不奏效，他又将狗头使劲往下摁，一边说：“我今天倒要治治狗不吃苹果的毛病。村主任马堂三天两头让我交税交费，我不敢不交；我现在让你吃一口苹果，你竟敢不吃？”

狗毕竟不是人，它不懂这些，喉咙里呜呜地响，惊恐不安。韩保库抬腿狠狠踢了狗一脚。狗嗷嗷叫着跑开，但又不敢跑远，蹲在了路边。一双人眼和一对狗眼在暮色中远远对视起来。

天已黑，月亮只有半个脸，没多少光气。夜风似乎更尖锐了，果园里一片呼啸之声。韩保库在黑暗中站了片刻，然后进了一趟房间，出来时双手背在身后，一步步接近那条狗。狗蹲在那儿不动，它大约知道有些事情一旦走到尽头，是怎么躲也躲不过去的。它已经没什么用了。它耷拉下眼皮，等待着。

韩保库非常顺利地将绳索套在了狗脖子上。他把它拉到那棵红富士树下，然后吊了起来。在狗张开嘴之际，他从兜里掏出那只果园里唯一的红富士苹果，填进一个并不太深的黑洞里。

后来，在满天星光下，他开始一棵挨一棵锯树。

小说按照事情发展的顺序来安排情节的，中间部分插叙了主人公韩保库对红富士果树来历的回忆。通过韩保库的遭遇，表现了中国不少农民在致富路上的迷茫与困惑，反映了他们遭受失败后的痛心与绝望。小说通过环境的烘托，层层推进，揭示了盲目跟风的坏习惯是整个中华民族的陋习。

点评人：党文锦，一级教师，河南省汝南县教师笔会理事，江苏省泗阳县作家协会会员。

思考题

1. 小说插叙部分的内容在文中能不能删掉？

2. 狗在小说中有何作用，结合本文分析。

3. 韩保库在致富路上遭受失败的主要原因是什么？结合原文并联系现实加以探究。

讽刺　思想老旧

盲目跟风是陋习，跟从与热捧会失去事物原本的价值。扫一扫二维码，获取《最后一只红富士》原文。

六指杨

@王蓟

画家启凡与妻子金菊香走出武陵源景区的时候，已是华灯初上。吃过晚饭，回到网上预订的农家乐酒店。意犹未尽的启凡，情不自禁地吟起了李白“功成拂衣去，归入武陵源”的诗句。

启凡这次来张家界旅游，有两个目的：一是想领略张家界集秀、幽、野、险于一体的自然风光，写生创作；二是想走访画坛怪才六指杨。

启凡正在专心致志地欣赏着旅游照片，窗外突然传来吵闹声，而且声音愈来愈高。

“你说，你的小孩把我的画弄毁了，怎么办？”

“老板，小孩不懂事，她不是有意的。”

“那也不行！”

启凡实在坐不住了，趿上拖鞋，走出房间，来到一楼大厅。原来，老板刚画好一幅山水，还没有落款，展放在大厅的地板上，被一个游客的女儿踩得模糊不堪。——也许是小女孩对这幅画感到好奇，就直接跑过去，兴奋地在画上走来走去。本来老板用水墨就重，加上国画颜色未干，瞬间那幅画彻底被小女孩毁了，成为一张废纸。

“老板，我女儿雯雯，五岁，癌症，先天的，花光了家里所有的积蓄。医生说，雯雯最多只有三个月的寿命。”游客抱起雯雯，乞求老板原谅，目光干涩呆滞，没有一点儿神采，“雯雯喜欢看电影《阿凡达》，喜欢看影片中的山水云雾。我东借西凑一千元钱，带她来张家界游玩。”

“你说这些，跟我有啥关系？”老板没有被游客的不幸打动，几乎是在吼，“我这是订单画，每幅两万元。好了，我同情你，赔偿一万元就行。”

“老板，”游客语音哽咽，一副可怜巴巴的样子，“别说一万元，我现在连一千元也没有。”“别在我这儿玩套路了，这种把戏，我见得多了。”老板恶狠狠地瞪了游客一眼。

游客从行李包中找出医院诊断证明：“老板，你看。”

“我不看！”老板转过身去，不屑一顾。

启凡接过诊断证明，仔细看看，又递到游客的手中，心平气和地说：“老板，宽容别人，也是善待自己。”

“不行！”老板言之凿凿，没有让步的余地，“你能替他们交钱，明早我就放他们走。”

“这样吧，我给你画幅山水画，弥补一下小女孩的过失。”启凡想到一种补救措施，不知老板能否同意。

“你是画家？”老板从上到下仔细打量着启凡，“明早看过你画的东西再说。几个朋友约我喝茶，我现在出去一趟。”

翌晨，启凡和金菊香吃过早餐，在酒店门前散步，老板看到启凡，热情地迎了上去，紧紧地握住启凡的手，与昨晚简直判若两人："您就是国画大师启凡？您画的《武陵源风光》，真是一绝。这幅山水画笔墨大气流畅，立意独特，色调对比强烈，个性凸显，使人对景区产生无限的向往。”

启凡微笑着，没有作答。

“我是六指杨，久闻启凡大师大名，真是幸会啊！”

“你是六指杨？”启凡吃惊地反问。

六指杨伸出右手，显示六个指头，笑容可掬地说："我姓杨，原名杨玉印，因是六指，人们习惯叫我杨六指。后来觉得杨六指不顺口，就叫成六指杨了。”

哦，启凡一下子全明白了。

“咱俩在这儿见面，真是缘分哪。”六指杨呵呵地笑着，脸上的皱纹乐开了花。

“我还没见过你画画哪。”

“现在就画给你看。”六指杨一边说，一边展开四尺宣纸，把各种国画颜色挤到瓷盘边。六指杨先把手指放在水中，然后蘸着瓷盘边的颜料，又蘸了点水，像弹钢琴似的，手指在宣纸上快乐地上下游动，时而黑，时而黄，时而红，时而绿，时而白，时而紫，时而红黄并用，时而黑白相间，不到五分钟时间，一幅气韵生动、潇洒脱俗的牡丹画，就栩栩如生地展现在启凡面前。

落款时，六指杨仍然不用毛笔，右手大拇指指甲蘸点墨汁，“国色天香”四个行草字跃然纸上，与国画牡丹相得益彰，浑然天成。

从没见过这种画法的启凡，心中暗暗称奇。六指杨名不虚传。

这时，那位游客背着行李，拉着女儿雯雯的手，从二楼走下来。六指杨主动迎上前去："兄弟，对不起，昨晚我心情不好，让你受委屈了。你现在可以走了。"

"谢谢，谢谢！"游客紧紧地握着六指杨、启凡的手，含着泪千恩万谢而去。

六指杨热切地对启凡说："先生准备住多久？我想好好跟先生学习一下。在我这里，一切免费，恳请先生多留几天。"

启凡笑了一下，说："不必了，你的画技我已经领教了。我们马上退房，去下一个景点。"

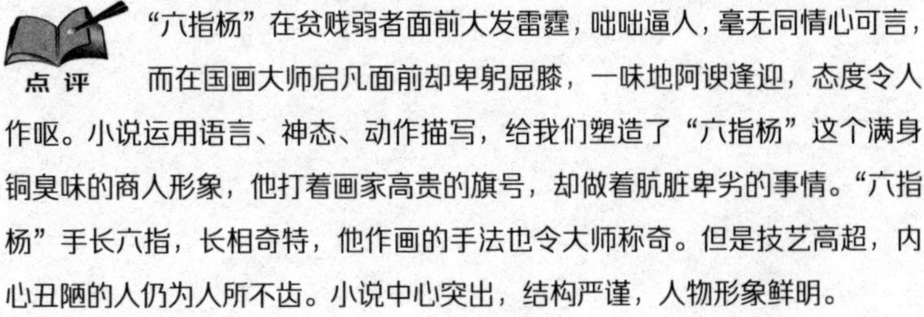

"六指杨"在贫贱弱者面前大发雷霆，咄咄逼人，毫无同情心可言，而在国画大师启凡面前却卑躬屈膝，一味地阿谀逢迎，态度令人作呕。小说运用语言、神态、动作描写，给我们塑造了"六指杨"这个满身铜臭味的商人形象，他打着画家高贵的旗号，却做着肮脏卑劣的事情。"六指杨"手长六指，长相奇特，他作画的手法也令大师称奇。但是技艺高超，内心丑陋的人仍为人所不齿。小说中心突出，结构严谨，人物形象鲜明。

点评者：陈会婷，山东省阳谷县实验中学一级教师。

1.“六指杨”是一个怎样的人？结合文章内容分析。
2. 为什么详写“六指杨”作画的全过程？
3. 阅读全文，谈谈你对小说主题的理解。

低调　高贵

没有同情肠衣和爱心，技艺再好，也得不到别人的尊重。扫一扫二维码，获取《六指杨》原文。

撕毁的信任

@杨永汉

江玲玲是北京某名牌高校大四的学生，天资聪颖，学习拔尖，还是有名的校花。面对众多男生的追求，她最终选择了比她高一届的赵晓鹏，确定了恋爱关系。

眼光挑剔的江玲玲为什么会选择赵晓鹏？因为赵晓鹏费了千辛万苦，为爱好画画的她淘来了一幅名画，打动了她的芳心。

为辨别真伪，江玲玲找了几家古董店鉴定，可他们都拿不准。后来，她在网上看到家乡的省电视台开设有一档“鉴宝”直播节目，就报名参加了。

那天，作为第五位持宝人，江玲玲走进了电视台的直播大厅。她简单地做了自我介绍，告诉女主持人，带来的藏品是著名画家陈半丁先生的山水名画：《风景独好》。

女主持人问：“你是怎么得到这幅画的呢？”

江玲玲有点儿不好意思地说："这是男朋友送给我的定情礼物。他说，这画至少能值 20 万元。不过，我真的有点儿怀疑它是不是真品。如果真是名画，说明他对我真心；如果是假的，说明他欺骗了我，我会毫不犹豫地与他分手。我最不喜欢说谎的人——而且是我曾信任的人。"

女主持人说："这幅画如果是真品，当然皆大欢喜；如果是赝品，马上分手也大可不必吧。为买这幅画，你的男朋友也许要托关系找路子，再经朋友托朋友，也付出了很多，假如这中间哪个环节出了差错，你岂不是冤枉了他吗？"

江玲玲很自信地一笑，说："我不会冤枉他的。"

"那好吧。"女主持人说，"让中国画鉴赏专家谢老先生帮你辨别真伪。希望这幅画是真的，也真诚地祝福你们会有一个美好的结局。"

江玲玲忐忑不安地走向专家鉴定席，将画轴递给满头银丝的谢老。

谢老仔细地察看了画作，笑着问道："姑娘，你知道陈半丁是何许人也？"不待江玲玲回答，他已介绍起来，"陈半丁先生是浙江绍兴人，20 岁时到上海拜吴昌硕为师，曾就职于北京图书馆，后任教于北平艺专。他特别擅长花卉、山水、人物、走兽，以写意花卉最知名，作品笔墨苍润朴拙。陈半丁先生曾担任过中国画研究会会长、北京画院副院长。名画家张大千就是在他的举荐下一举成名的……新中国成立前陈半丁在北京虽首屈一指，但新中国成立后被打成了右派，康生对他有成见，大加迫害……"

眼下，江玲玲最想知道的是这幅画的真伪，可谢老却迟迟不揭谜底。他像故意吊她的胃口，又问道："姑娘，你希望这是陈半丁先生的真迹吗？"

江玲玲笑着说：“我当然希望啊！”

“你的愿望当然是好的。”谢老将画作推到江玲玲的面前，“不过，我想告诉你的是，你这藏品，是一幅临摹之作。”

这话，不啻一声炸雷，惊得江玲玲脸色发青。谢老慢悠悠地指出哪些地方不是陈半丁的画风特点，确定它不是真迹。

江玲玲如落冰窟，周身透冷。这是直播节目啊！此刻，自己的老师、同学和家人也一定在电视机前观看，那岂不是丢人现眼了吗？她只觉得怒火中烧，一把抓住那幅画就撕。

谢老和女主持人急忙阻拦，还是迟了，画已被江玲玲撕去了半边。节目的导演也急了，大声叫道：“快，插播广告！”

电视画面立刻切换出广告。导演赶了过来，好一番安抚，总算让江玲玲平静了一些。直播节目又正常进行了。

女主持人还算机灵，及时煽起场上的气氛：“持宝人江玲玲刚才的情绪有点儿激动，这恰恰表明，她对男友的爱是很深很深的。我们给她来点儿掌声好不好？”顿时，观众席上响起了热烈的掌声。

女主持人继续穿针引线，让谢老接上话题。

谢老解释说：“我很理解这位持宝人的心情，只是她过于急躁了，做了一件傻事——她撕掉的不仅是一幅画作，还撕掉了一笔数额可观的财富。”他回头问江玲玲，“你知道是为什么吗？”

江玲玲不好意思地摇摇头。

谢老有点儿痛心地抱怨道：“我刚才的确说了，这件藏品是一幅仿作，可它是大画家齐白石的仿作呀！20世纪初期和中期，陈半丁是北京画坛的领军人物，齐白石的画还要略逊于他。有一天，齐白石仿画了陈半丁的《风景独好》，然后请陈半丁自己落款，想看看能不能因此以假乱真。两位名画家的戏作，却成就了一幅绝世珍品！据评审团的估算，它的市场价值，目前最低也在 80 万元左右。”

江玲玲瞪着大大的眼睛，感到难以置信。

“的确是真的。”谢老十分惋惜，“姑娘，你不但撕毁了一幅名画，而且还撕毁了一份信任——对你男友的一份真诚的信任。”

江玲玲的眼眶里，涌出了两行懊悔的眼泪……

点评 文章以“名画”为线索，写了赵晓鹏为了得到江玲玲的芳心，不惜一切代价为她淘得一幅名画，而江玲玲却想用画的真伪来判断爱情的真假，结果在鉴宝现场亲手毁了这幅画。文章又戏剧性地交代了这幅画是更著名的大画家齐白石的仿作，其价值更高。小说通篇使用了“误会法”，而且环环相扣、层层递进，一次又一次地出现意想不到的情节，使人深思。

点评者：姜艳红，内蒙古通辽市科左中旗保康二中教师，中考阅卷名师，内蒙古自治区骨干教师，曾多次指导学生在各级“基础知识”“阅读”“作文”竞赛中获奖。

思考题

1. 说说标题“撕毁的信任”的含义。
2. 简要概括小说的主要情节。
3. 谢老最后对江玲玲说：“你还撕毁了一份信任。”他为何这么说？

关键词 信任　价值观　真诚

撕毁的不仅是女生对男友的信任，还有爱情。扫一扫二维码，获取《撕毁的信任》原文。

拓展阅读码上就看

感动

《半张奔赴蜜月的火车票》

直到谈婚论嫁了，他们还争吵不断。直到地震袭来，他们才意识到对方的爱有多深……

《孩子，你有两个父亲》

唐氏儿的降临使原本和睦的家庭以离婚收场。时过境迁，男人带着忏悔，回来了……

《等不到，忘不了》

女儿为了西部来的少年与父亲吵翻了天，从此两人再也没有见面。

《黑糖果》

她从垃圾堆里捡到一个弃婴，从此两人相依为命。几颗谁也舍不得吃的黑糖果成了他们母子情深的证明。

《九道弯的胡同很长，而我们很坚强》

九道弯的胡同见证了三个孩子的友情，也见证了他们的悲欢离合。最后，他们能走出那个“胡同”吗？

《那个不能让你虚荣的女儿》

为了满足母亲的虚荣心，“我”不断编织谎言，直到有一天，“我”说错了一句话……

吸引

《差点被拐卖，是种怎样的体验》

孩子被拐走，大家集思广益，却始终未能找到人贩子……

《加湿人生》

作为家庭“加湿器”，自然要有调节家庭气氛的功能。

有趣

《能不能盛装出席家长会》

孩子嫌弃母亲去家长会穿得太朴素，母亲经过多方勘察，决定模仿优等生的家长，盛装出席家长会。

《装模作人》

一个卖瓜的老马教“我”如何装模做人，“我”接受了老马的教训，决定实践在媳妇身上……

《为什么医生不让你一次性把智齿都拔了》

听别人说拔智齿不疼，“我”深信不疑。当“我”躺在手术台上，才发现一切和“我”想的不一样。

《甘草片拯救美利坚》

“我”带着甘草片前往美国，却在机场被海关人员拦住了，他们说这是违禁品……

意林

《一块钱的希望》

1976 年 7 月 28 日是唐山大地震的记忆。这场记忆里有一枚硬币，它支撑着李志欣找到杜建斌，并救了他……

《只有一个学生的高考班》

那一年，上海高考实行“3+1”政策，“我”选择了生物。没想到这个选择，让“我”和学校展开了持久的拉锯战。

《爱国如爱家》

军人坚守阵地，家人千里探望，他们成了景区最感人，最让人敬佩的风景线。

《我的青春被一场意外狙击了》

那年“我”17 岁，意外成了公司董事长，并踏上了去日本谈合作的旅途……

关键词索引

关键词使用说明：1. 左栏为关键词，右栏为关键词所在的页码。2. 写作中如碰到与关键词相关的内容，可参阅该作品。3. 本册所有的关键词按音序排列。